U0532481

新语文名家散文精选
谭曙方 主编

乔忠延 著

短笛无腔信口吹

山西出版传媒集团
北岳文艺出版社
BEIYUE LITERATURE & ART PUBLISHING HOUSE
·太原·

图书在版编目（CIP）数据

短笛无腔信口吹 / 乔忠延著. — 太原：北岳文艺出版社，2021.8

（新语文名家散文精选 / 谭曙方主编）

ISBN 978-7-5378-6230-1

Ⅰ. ①短… Ⅱ. ①乔… Ⅲ. ①散文集—中国—当代 Ⅳ. ① I267

中国版本图书馆 CIP 数据核字 (2020) 第 107012 号

短笛无腔信口吹
乔忠延　著

//

出 品 人
郭文礼

策　划
续小强　赵　婷

责任编辑
赵　婷

封面设计
萨福书衣坊

封面绘图
南塘秋

印装监制
郭　勇

出版发行：山西出版传媒集团·北岳文艺出版社
地址：山西省太原市并州南路 57 号
邮编：030012
电话：0351-5628696（发行部）　0351-5628688（总编室）
传真：0351-5628680
经销商：新华书店
印刷装订：山西人民印刷有限责任公司

开本：787mm×1092mm　1/16
字数：162 千字　印张：13
版次：2021 年 8 月第 1 版
印次：2021 年 8 月山西第 1 次印刷
书号：ISBN 978-7-5378-6230-1
定价：39.80 元

本书版权为本社独家所有，未经本社同意不得转载、摘编或复制

序

杜学文

随着时间的变化，人从幼儿走向童年、少年。对于生命来说，这也许是一些最纯真、最富于诗意的时光。有家的呵护，有不断发现的新奇世界，有无限的可能性；还不会也不需要掩饰自己，不会也不需要考虑如何才能适应别人、适应社会。也许，从生命的成长过程来看，这是一个还不能也不需要承担责任的时刻，是一个不识愁滋味的时刻，是一个可以任性地放飞自己的时刻。当然，也是一个在潜移默化中被生活影响，并奠定自己未来走向基因的时刻。有很多的想象，很多的希望，很多的选择……但是，随着成长，这些"很多"变得越来越少，甚至成为不得不的唯一。这种想象的力量也许会对人的一生产生极为重要的影响。在很多时候，特别是对于成年人来说，想象似乎是虚幻的，非现实的，甚至是无意义的。但对于人整体来说，失去了想象力却是可怕的。如果这样的话，人们就只能匍匐在地面，而失去了星空，失去了更广阔、更丰富、更多姿多彩的世界——未来的可能性、现实的创造力、内心世界的感悟力，以及对幸福的体验与追求。所以，在人的生活中，除了现实存在之外，仍然需要保有提升情感体悟、净化精神世界、培养想象能力的生活方式。在很多时候，我们需要依靠艺术——当然也包括文学在内来实现这种想象。文学，不仅仅是表现生活的，也是想象生活的——建立在现实生活的基础之上，对未知世界与未来生活的理想构建。这种想象力的培养，也许在人的童年与少年时代更为重要。

实际上，每个人都在想象中成长、变化。在成人的世界里，这种想象越来越被现实生活所规定、制约。当一个人成为学生的时候，非学生的生活就不存在了。他必须在学生的前提下选择未来。但选择了通过读书来改变人生的时候，非读书的可能性也不存在了。尽管选择是对现实利弊的权衡，但仍然是对未来可能性的想象。当然，想象并不局限在这样的选择之中，人还有很多非现实的想象——对艺术世界的虚构，以及对不可知世界的精神性营造等等。前者可能会更多地影响人的情感，而后者则更多地影响人的创造。

事实上，每一个人在其幼年时期都会有想象的努力——自觉的与不自觉的。以我自己的经历言，曾经想象时间的停滞，希望知道时间停滞之后会发生什么。结果是时间并没有停滞，停滞的只是自己的某种状态。在我家乡村外的山脚下，有一条河。河中一个很小的瀑布下聚满了水。那水是深绿的，有点深不见底的感觉。我们那里把这样的地方称为"龙潭"，就是河中水很深的坑。旁边有一个石头垒起来的磨坊，里面有一座水磨——利用瀑布的落差来推动石磨。大人们说，这龙潭很深，一直能通到海底的龙王爷那里。我不太理解如何从太行山的地底通往大海，也不知道假若到了大海会怎么样，但却希望能够有一条龙带着我去看看大海。这大海与龙宫就成为幼年的我对未知世界的想象。

人的想象力当然是建立在社会生活之上的。如果没有听过大人们讲龙王的故事，就不可能去想象龙宫的景象。这种社会生活也隐含了人的价值判断与情感选择。当人们在其成长的幼年时代，能够更多地接受积极健康的价值观，接受良好的情感表达及其方式，其想象力将向着更美好、完善、向上的方向发展。人会在无意识中选择那种积极的表现方式。这也许会影响人的一生。就是说，在人成长的初期，想象力及其表现方式是非常重要的。

也许人们意识到了这种重要性，出现了很多希望能够满足童年或者少年人群精神需求的活动。游戏、体育、劳动、阅读，以及相关的艺术活动，包括文学阅读与创作活动。据说那些非常著名的作家往往会写一些少儿作品。而那些儿童文学作家则被认为是"最干净"的职业人群。正是他们，在那些如白纸一般的人心中绘画。他们使用的颜色、图案、创意将深刻地影响人的未来。而人们总是希望自己的未来将更为美好。

从这样的角度来看，北岳文艺出版社策划出版一套《新语文名家散文精选》就有了非常特殊的意义。这并不是一般的作家散文创作结集，而是有明确的目的指向——为那些正在成长的读书人提供可资参考的读本——它主要不是为了体现作家在艺术领域的探索创新，不是为了研究某个创作领域的来龙去脉，也不是为了让人们获得知识——当然我们也不能排除这样的功能。但无论如何，其核心目的是要为培养孩子们的想象力、审美能力提供一些看起来感到亲切的范文。至少会使读书的同学们能够在写作上有所参照。这是很有意义的。

从体例设计来看，也非常有效地体现了这种目的。这套书选择了十一位作家的散文作品。他们分别生活工作在山西的十一个地级市，有某种地域意味在内，也会强化读者"在身边"的认同。这些作家，大部分我都有接触，基本上了解他们的创作情况。其中有成果颇丰的老一辈作家，也有风头正健的中青年作家。他们的文学贡献也主要体现在散文领域。这对读者的阅读来说有很强的针对性。在每一篇作品的后面，还邀请各地从事教学的名师进行点评，以帮助读者更好地进入作品的艺术情境之中，领略作品的艺术特色，以及文中表露出来的情感状态、价值选择。这是非常好的设计。同时，还邀请相关的专家对每一位作者的作品进行比较专业的综合性论述，便于读者从全书的整体来把握作品。这些作品主要集中在"情"上——故乡之情、父母亲情、友情爱情、事业之情等等。其中一些堪称范文。当然也有一些知识性、研究性与介绍性的作品，亦可丰富拓展读者的视野、心胸。通过这些作品，我们不仅会感受到不同时期人们的生活状态、情感状态，还可以理解作家们表达情感、进行描写的艺术手法，既有助于同学们想象力、创造力的提升，亦有助于同学们写作能力的提高。

人的生活状态至少有两个方面。一是显性的、可见的。比如学习成绩、创作成就、劳动收获等等。但还有另一种是隐性的、不可见的。如你会因为学习成绩提高而感到高兴、欣慰；会因为自己的作品受到读者喜爱而增强了创作的动力；秋天收获的时候，会因为这一年风调雨顺有了好收成而感到欣喜，增强了过好日子的信心等等。也可能因为这些，你会更努力地工作学习，更尊重别人的劳动付出，更希望自己做一个好人、优秀的人。相对来说，那些显性的、可见的生活状态往往受到人们的重视，因为其直观，有功利性。但也许那些隐性的、不可见的生活状态对人的成长、完善，以及激发内在动力与想象力、创造力更加重要。它们虽然看不到、摸不着，似有若无，但往往决定了人的情趣、视野、眼界、胸怀，以及精神状态、价值选择与审美能力。正因为这些东西的存在，使你能够更好地面对社会、人生，正确地选择自己的道路、方法，感受到生活的美好、幸福，并保有追求更美好未来的力量与信心。这样来看，这套书意义重大。我真诚地希望大家能够喜欢，也希望有更多的适应同学们阅读的好书面世。

2021年3月21日于晋阳

（杜学文，山西省作家协会主席，著名文学评论家）

目录

第一辑
心有美景天地新

003 打　春
007 春风这一吻
011 春　潮
015 采　春
019 花儿这样开
022 落叶也可爱
025 变身树
028 飞雪的考场
031 冰
034 夜来香

第二辑
醉人未必是美酒

039 文　人
042 诗　人
044 伟　人
046 圣　人

048　汉字意味长
051　可爱的汉字
054　祖　诗

第三辑　一滴泪水比金贵

061　我不如那个小学生
063　流不断的离别泪
065　乡情最纯净
067　用好你的同情心
069　感情这个万花筒
071　炊烟里的乡愁
074　皂荚树
077　青青河边柳
079　一把镰刀
083　孵小鸭

第四辑
穿越沧桑任驰骋

089　鼓　人
092　笛声化作民族魂
096　只取千灯一盏灯
100　一面做人的明镜
104　朝拜一座山
108　谢　土
112　台　子
116　旺　火
122　大年是朵中国花
127　春色第一枝
132　长满阿凡提的大地
137　痛饮石柱一碗酒

第五辑
捡起落叶就是诗

145　麻　雀
147　我家的老瓮

150　一条井绳
153　捡豆记
155　那座荒寺
157　怀云小记
159　玫瑰枝
162　秋日拾遗

第六辑
不用丹青画童年

171　心爱的皮球
175　伤感的柿子
179　羞耻的米尺
183　灰　筛
185　龙河纪事

191　重叠记忆里的璀璨星光
　　　——读乔忠延的散文集《短笛无腔信口吹》　/高璟

第一辑 心有美景天地新

短笛无腔信口吹

没事树叶绿了会黄，花朵开了会谢，鸟飞来了会去，彩霞升起会落，谁也无法让自然的风光永不改变。可是，一旦将自然风光收留在心田，那就会叶常绿、花常鲜、鸟常栖、霞常在。心有美景天地新啊！

打 春

打春，就是立春。

立春，是春回大地的节气。在二十四节气中，再没有比立春更让人这么喜气洋洋的了。立春带着温暖不声不响就扑进了千山万水，融入了千家万户。风变柔了，柔得像婴儿那绵绵的嫩手，拍打到哪儿，哪儿就有甜甜的声响；雨变酥了，酥得像是蓄满了养分的香油，落到哪儿，哪儿的禾苗就长了劲地生发；天变暖了，暖得屋外也像农家冬日里烧热的大炕，娃儿们吆三喝四地翻跟斗、蹦高高。不光娃儿们乐，苏醒了的青蛙也乐，乐得亮开嗓子唱上了。青蛙一唱，燕子就上场了，在天地间上下起舞……春天真好！

真好的春天，是从立春开的头、起的步。可为啥咱那父老乡亲要把立春喊成打春？乍一听，弄得人心里怪别扭的。打，打架、打闹、打仗……为啥要把一个慈眉善眼的春天和这么个"打"字撮合在一块，这不是乔太守乱点鸳鸯谱吗？

仔细一想，满不是这么回事，这打春，比那立春，要形象得多，要生动得多，要活灵活现得多！和打字结伴的词不光是打架、打闹、打仗。还有很多很多，多得词典上密密麻麻弄出了几页。别个的咱不多说了，捡出几个熟悉的品品味道吧！

先想起一个——打草稿。草稿不是正式稿子，可是没有草稿，也就没有定论的文稿。草稿所以草，是那繁杂的思绪就像春风拂过、春雨润过的土地，刚刚还是草色遥看近却无，转眼间就万紫千红春满园了。从这草色遥看近却无，到万紫千红春满园的过程，用的那个"打"字，实际是说孕育哩！孕育不是出生，却比出生更重要。草稿不是定稿，却比定稿更重要。定稿不过是强化一个角落，要的是一枝红杏出墙来；不过是删繁就简，要的是万绿丛中红一点。定稿要比草稿好得多，美得多，可要是没有那起先的草稿，哪会有后来这定稿？说透了，这打草稿就是谋划，就是构思，就是初创。如此理解，那么打春不就是谋划春天、构思春天、初创春天吗？在这么好的时令到来时，多思思，多想想，"清明前后，种瓜点豆"，"春种一粒粟，秋收万颗子"，不是一年之计在于春了吗？把握了春天，就把握了一年的好收成、好日子，这春打得应该。

又想起一个——打鼓。想起打鼓，就想起家乡的威风锣鼓。那锣鼓要是响起来呀，听得人血液在脉管里使劲地奔跑，灵魂在思想里高兴地舞蹈。那个声响，像是天崩，像是地裂，像是排山，像是倒海，像是……不说了，你就是把人间最有声威、最有气魄的词语都喊遍，也无法描画威风锣鼓的神韵。这人间的鼓打到这个份儿上，真把人类从小虫虫、猿猴猴到现在这个样子，这个主宰天下的胆识气魄都活画出来了。这鼓打得好！打得好的鼓不是天天打、时时打，是有了节日，有了喜事，值得美美庆贺一回了，才痛痛快快打一场鼓，打一场惊天动地的鼓。如果把鼓字换成春字，打鼓就变成了打春，没想到这打春里有这么激动人心的意思。打春是闹春，闹腾个红红火火的春天，闹腾个威威风风的春天，闹腾个天遂人愿的春天。看来这春还是打着好！

还有个打场。那可是真打，涨着劲地打，拼上命地打。五黄六月，龙口夺食，从田地把长成的麦子割倒运回场里是龙口夺食，在场里把摊好的麦子脱粒打净是龙口夺食。六月的天气猴子的脸，说变就变，草帽大的一团云，也可能淋得场里水滴滴湿。因而，打场就不是一般地打，要狠着劲地打，要打得人上气不接下气，只要爬不下就打；爬下了，抹把汗，挣扎起来又打。这么打，着实累，累得人脱了皮掉了肉，可是心里是甜的呀！谁不希望把汗水泡出的籽实全收揽到家里？这打场，是实打实地打，又是喜上喜地打。打春，莫不是又借了打场的美意？把那打场的劲头，把那打场精神，把那打场的心情都用在春天上，提前就流着汗务植春天，还怕场上没有好收成？打春，打得早，打得妙，打出了人勤春早，打出了场上高高的庄稼垛，打出了屋舍里冒尖的粮食箔。

打春，就是比立春好！

老辈人说打春，咱这辈子也说打春，下辈子，下下辈子千万千万也别忘了打春！

赏 析

罗丹说："生活中从不缺少美，而是缺少发现美的眼睛。"

《打春》这篇美文告诉我们，一篇文章美不美，不仅仅在于内容，还在于精巧的构思、优美的文字。

很多文章侧重表现春天的柔美、清新，《打春》则以热烈为旋律，展示出春天的壮美。用"打"作为文章的线索，选取"打草稿""打鼓""打场"几个意象，表现出作者对春天的独到理解：春天是谋划、是期盼、是展望。这独特解读春天的角度，是本文的一大特色。

和《打春》相比，很多关于春天的文章都停留在春的表层，而《打春》用感性语言表现理性，没有曲径通幽，没有委婉掩饰，将自己的感受直接展示给读者，字里行间渗透着一个阅尽千山万水的智者，对生活深深的挚爱。所以，文章最后的"咱这辈子也说打春，下辈子，下下辈子千万千万也别忘了打春",毫无疑问,是一个智者对平凡生活的哲理发现。

(沈秀娥)

> 沈秀娥,山西师范大学临汾学院中文副教授,山西省作家协会会员。曾发表学术论文、文学作品多篇,出版有个人文学作品集及教育类专著十余部。

春风这一吻

稍不留神,温润已弥漫于天地之间。尽管这温润还很稚弱,微微的、薄薄的、淡淡的,却已无处不在。温润到来的讯息是风告知我的,不经意间,她吻了我一口,在额上,轻轻的、柔柔的,却没了往日的寒冷,不是冬风,而是春风。柔和的春风带来了去年走失的温润。

哦,春天来了!

春天来临的那刻,我正瞅定东方天际,看那轮又大又红的日头从远处的山峦升起。上升得不快,似乎是一丝一丝往上爬,可是天空红亮得飞快,一瞬间烈焰熊熊,方才还寂然灰暗的山脊变成了火焰山,而且与之邻近的那片天也变成了火焰天。就在此刻,我感受到了春风那甜甜的一吻,吻得冬天再也无法把我裹挟进寒冽当中。

春风当然不只独独亲吻我一人,这位柔情翩翩的天使,上吻碧落崇山,下吻河流原野,只一吻就锁定了春天的辖域,就落定了春天的营盘。

春风一吻,高高的雪域山尖,立即消减了严冬的酷寒。饱经严寒折磨的积雪,被吻出甜美的热泪,热泪涌流,流瘦了雪峰,流薄了雪坡,流深了雪壑,河水就要升高了。似乎是为着迎候从远方流来的雪水,春风早早也给了河流一吻。那时候将河流称作冰川最贴切,站在岸边,谁能看见流水?看不见,满目全是冰凌,雪白的冰凌覆盖了河面。整个河道,或高,或低,无处不白,白得高也坚硬,低也坚硬,坚硬得冰凌挟持着河道,威严凛凛,横眉冷对,生性柔弱的水流哪是这强霸的对手，只能低眉顺眼，钻进人家的胯下，敛住气蜷伏着溜过。沮丧、屈辱、悲怆、流水已憋屈了不少时日。春风那一吻解放了流水，寒冰不怕强对强，不怕硬碰硬，却经不起温润的感化，顿时意志消解，肌体消融，骨骼销蚀，嘿嘿，流水重见天日，亮开歌喉，潺潺、汩汩、哗哗、啦啦，倾心，倾情，赞颂春风，报效春风。

春风不为赞颂，不图报效，早已赶去亲吻柳条了。不吻则罢，这一吻刚刚还僵直的柳条，眨眼便柔顺了，顺着顺着，绿柳才黄半未匀；顺着顺着，万条垂下绿丝绦；顺着顺着，绿丝绦禁不住翩翩蹈动，伴随春风歌之舞之。似乎柳树的歌舞是献演给桃树的，庆贺桃花的爆开。在草木当中，最为娇羞的该是桃树了，才经春风一吻，已娇羞得红满颜脸，粉嘟嘟的如涂抹了胭脂似的。从枝杈，到梢尖，无处不花，无花不红，红遍了沟壑，红遍了峰峦。要不怎么说是"桃之夭夭"，敢情是桃树娇羞所致啊！

这一"桃之夭夭"，桃花与蝴蝶无缘了。蝴蝶在承受春风初吻时，还不是蝴蝶，不过是丑陋的毛毛虫，或是没头没脸的裸体蛹。毛毛虫也罢，裸体蛹也罢，只要经春风亲吻，就会化丑为美，化蛹为蝶。于是，蝴蝶在碧蓝碧蓝的春色里两相携行，比翼双飞，上下翻旋，翻旋着一起降落在油菜花上。油菜花早就翘望这一刻的到来，抖开堪与皇家媲美的金黄衣衫，让蝴蝶钻进花蕊恣意贪恋。为了这美妙的时光，油菜花起早贪黑地生长，起早贪黑地孕育，起早贪黑地开放，时不我待，错过这风华岁月，盛世难再啊！油菜花也是被春风吻醒的，公道说，那时她还是油菜，被冰雪折磨得无精打采，蜷伏在地皮上。说来也怪，春风一吻，油菜倍长精神，昼也有劲，夜也有劲，一劲猛长，就爆开了令蝴蝶爱也爱不够的油菜花。

油菜花和蝴蝶陶醉热恋的时候，青蛙好梦成真了。曾经蜷缩着身子梦想遍地撒满温暖的阳光，梦想一河明镜般清亮的流水，梦想河边有一垄旺盛茵绿的嫩草,自个儿就栖息于那鲜美的草丛里,高兴了弹身一跃,在空中画一个弧圈,落入水中,河水溅起玲珑的浪花将她揽入怀中,多有诗意啊!长长的美梦,长长的诗意,不知重复了多少遍,这才盼到了春风那一吻。不过,青蛙得到的这一吻可不是春风直接赐予的,她潜藏在深深的泥土里,根本无法与春风照脸。是泥土将那一吻传导给了她,那一刻覆盖在身上的泥土突然中了电似的飕飕抖动,抖得她麻酥酥的。一个激灵,青蛙醒了,钻出泥土,出现在天蓝水碧的清新世界,哈哈,竟然梦想成真了。青蛙一吐漫长冬天窝圈在泥土里的郁闷,呱呱,呱呱呱呱,高唱开来。

青蛙的歌声,是黄牛行走的进行曲。黄牛从不空走,是去耕田。惊蛰不耕田,不过三五天。青蛙一叫,惊蛰过了,地门开了,田土不再坚硬,黄牛拉着犁兴奋地甩着尾巴,划破油沃的土壤,就待往里撒播金灿灿的种子。黄牛的兴奋也来自春风那一吻,只是她没有喜形于色,而是按定兴奋养精蓄锐。直到槽池里再也见不到干干的麦秸,换上鲜嫩的绿草供她食用。一嚼那水水灵灵的嫩草,黄牛哪里还能按捺住蕴蓄多日的兴奋,浑身的劲头泉水般突突地往外喷放。恰在此时青蛙叫开了,那叫声好似进军鼓,如同冲锋号,黄牛赶紧走出棚厩,走向原野,拉着犁来回耕耘,过去是平,返回是仄,平平仄仄,仄仄平平,大地上种满了希望的音韵、希望的生趣。

啊,春风这一吻,万物复苏,草木葳蕤!

赏 析

文章独辟蹊径,抓住冬春之交的这一个"点",侧重写变化,写过程,写春天到来时万物由冬天的萧索到春天复苏的景象。

结构上,采用"总—分—总"来展示这幅美丽的早春图。先总体展示春天到了，春风吹过来，空气温润，阳光和暖，然后分别描绘高山、河流、树木、油菜花中的蝴蝶、刚结束冬眠的青蛙、田地里耕耘者希望的黄牛……最后，以轻轻一句"春风这一吻，万物复苏，草木葳蕤"！点明这早春的魅力所在，余音袅袅，绕梁不绝。

文章语言生动、优美而又亲切自然是本文的另一个特色。写高山河流"春风一吻，吻出甜美的热泪，热泪涌流，流瘦了雪峰，流薄了雪坡，流深了雪壑，河水就要升高了"；写黄牛耕耘"过去是平，返回是仄，平平仄仄，仄仄平平，大地上种满了希望的音韵、希望的生趣"；从上段往下段过渡时写"油菜花和蝴蝶陶醉热恋的时候，青蛙好梦成真了"，等等，无不清新隽永，充满着浓郁文雅的气息。

（沈秀娥）

春　潮

天地间若没有壶口瀑布，世人去何处观赏惊心动魄的风景？

壶口瀑布若没有晶莹冰川，世人去何处观赏惊天动地的春潮？

壶口瀑布惊心动魄的风景，在夏天，在秋季。那时候，黄河水在晋陕峡谷里舒心前行，一路欢声笑语，如同吟咏"关关雎鸠，在河之洲。窈窕淑女，君子好逑"。正吟唱得醉心，蓦然一壑深沟突陷眼前，想要驻步回转已来不及了，只能身不由己地栽跌下去。顿时，粉身碎骨，激浪迸溅，水花迷雾，飞腾升空。天地间迸发出比雷霆还雷霆的响声。那声响不再是"关关雎鸠，在河之洲。窈窕淑女，君子好逑"，而是"风在吼，马在叫，黄河在咆哮，黄河在咆哮"！黄河怒吼出了惊心动魄的气势，黄河咆哮出了惊心动魄的风景。

到了冬天，壶口瀑布一改夏秋时节的容颜，集聚起一河奇崛的冰川。有那么一天，或是刮过一阵寒风，或是落下一场暴雪，蓦然，河道里流淌的不再是柔媚的汁液，而是一块块坚硬的冰凌。大大小小的冰块，在宽阔的河道里放纵身肢，悠悠漂流。猛然下落，是河床陡跌，已至壶口。这窄小的壶嘴哪里能容得下这么多骨骼坚挺的冰凌，于是拥挤、叠压、堆砌，不可避免地发生了。瞬间，满河冰凌壅塞为一体，封盖住水流，将一条奔腾的巨龙覆盖在身躯下头。壶口瀑布，那疯狂的蹦跃消失了，拼命的咆哮喑哑了。冬天用严寒缔造了冰凌，冰凌用刚劲的身躯和意志封杀了激流。壶口瀑布不见了，变为一河冰川。踏着这大大小小、高高低低的冰凌，居然能够从此岸的吉县抵达彼岸的宜川。谁会想到，天堑转眼变成通途？

更令人想不到的是，就这一河冰川，还会崩裂出形色生动而又无法写照的春潮。

恕我愚顽，在没有见识壶口冰川崩裂之前，一直不知道该用什么意象来活画春潮。一年四季，我独钟春天。春天有万紫千红的色彩、有莺声燕语的歌舞、有迷醉人心的诗篇，然而，用这色彩、这歌舞、这诗篇，很难活画春天的风骨气节。在世人的眼里，春天千娇百媚、楚楚动人。朱自清甚而怜爱的将之喻为一个花枝招展的小姑娘。这个娇羞可爱的小姑娘一来，顿时无边光景一时新，顿时春色满园关不住，顿时一枝红杏出墙来。这就是世人见惯的春天风采！

不过，春姑娘的登场远不这样轻松。她要摧毁的是冬天、是严寒的季节。人们也将寒冬拟人化了，时常我们在古典书卷里会遭遇一个脾气严苛的老人。在这个老人的辖制下山寒水瘦，满目荒凉。一个花枝招展的小姑娘，要收拾这凄凉寥落的乱摊子，还要收拾得万紫千红，谈何容易？这中间要经历多少坎坷、多少曲折、多少摔跌，谁人知晓？春姑娘无须人们知晓，更无须人们赞扬，跌倒了，站起来，无怨无悔，咬紧牙关，抚抚伤痛，继续先前的努力，宁可粉身碎骨，也要讨回一个温馨芬芳的岁月。这需要怎样的雄心？怎样的气势？我不止一次地揣度，也难知一二。直到目光锁定春潮一词，才明白这尘世还真有人理解春天，还真有人走进了春天的心灵深处。春天如同潮水那样，用温文尔雅的柔情创造了惊诧寰宇的阳刚。于是，严酷刚烈的冬季败倒在春温那柔弱的石榴裙下，千里莺啼绿映红的画卷倏尔铺展开来。

所以锁定春潮一词，是因为我胸中激荡着秋潮。最经典、最权威的秋潮是钱塘江涨潮，滔天浊浪排空来，翻江倒海山为摧，诚可谓恣肆汪洋，狂飙飞旋。一汪温柔的江水居然能惊涛拍岸，居然能雷霆万钧，居然能卷起千堆雪，真真是世间奇景。不是我赞赏称奇，即使见识广博的刘禹锡也禁不住惊奇地感叹:"八月涛声吼地来,头高数丈触山回。"钱塘江潮水像是一位艺术大师,用形色向世人宣示:温柔至极的流水,也能刚烈出无坚不摧的风骨。

缘于这种印象,我才将春天和潮水缕连在一起,用春潮描画春天到来的声威。

缘于这种印象,我急于寻找能够活画春天的意象。然而,一次次匠心观测都化为泡影,禁不住怨叹大千世界,光怪陆离,咋就没有一个可心的景物供我所用?我的希望几乎就要沦为失望,可巧此时,壶口瀑布融冰的场景凝定在眼前。

春天来临时,壶口的冰川还很坚固。站在高巍的冰山脚下,真替春天为难,不知她如何用柔弱的肢体去清理这比铁还硬、比钢还强的冰凌?只见,春天没有急于求成的冲动、没有震耳发聩的宣誓、没有剑拔弩张的攻势,有的仅是世人罕见的耐心。她不吭不哈,不急不躁,却也不卑不亢,不弃不离,用微弱的体温去感化坚固得不能再坚固、厚重得不能再厚重的冰凌,一天,一天,又一天……

终有一天,面对头顶温润的阳光,冰凌竭尽全力也无法恪守自身的坚固强硬,止不住微微摇动。摇动过后本想努力站稳脚跟,岂料支撑肌体的基石已被春天的温情感化、招安,竟然融为一汪清水。无法阻挡的垮塌猝然而至!仿佛就在瞬间,一河冰川炸裂开来,碎为一块块冰石,一个个冰丘,一座座冰峰,接二连三跌进激流。顿时,冰石撞击着冰丘,冰丘倾轧着冰石,冰石的响声刚起,冰峰垮塌下去,砸碎冰丘。那一刻,碰撞接着碰撞,碎裂跟着碎裂,垮塌连着垮塌,轰鸣催着轰鸣。此刻,站在黄河岸边,看到的不再是瀑布,不再是冰川,而是一连串惊天动地的词语:天崩地裂、雷霆万钧、排山倒海、惊涛拍岸……这些词语没有一个安分守己地紧贴在书页里,一个个都变成花果山砰然出世的石猴,腾跃而起,厮杀搏击,演出着一场震惊肝胆的活剧!

这活剧的结尾,是冬天的彻底崩溃,是春天的浩荡光临!

这就是春潮,这就是春潮写照出的春天精神。

赏 析

本文的写作手法独具特色。

一是巧用对比。壶口夏季的惊心动魄、冬季的寒气逼人与人们心目中娇柔美丽的春天形成对比,春天自身的清新柔美与春潮的天崩地裂、雷霆万钧形成对比,展示了隐藏在明媚春光之下的无穷力量。这力量仿佛钱塘江潮水,融化壶口坚硬的冰凌,使得整个壶口排山倒海、惊涛拍岸……冬天彻底崩溃,春光浩荡。

二是抑扬结合。欲写春天,却先从壶口夏天和冬天写起,基调雄浑但沉郁,这是抑的部分。然后以钱塘江秋潮作为过渡,徐徐扬起,春潮的出场也就水到渠成,气势恢宏,于高潮处戛然结尾,语音绵长。

三是文章的选题值得借鉴。一般人写春天容易落入将春光春色列为主体的窠臼,但本文作者选取了壶口冬天壮观的寒冰如何在春天消融成令人震撼的凌汛,这样一个动态的点来写,写出了春天的气势、春天的精神。

好的文章,除了要在生活中发现美,还要注意如何将这种美表现出来。

(沈秀娥)

采 春

冬季日短夜长。农人说,十月里天碗里转,好婆姨做不熟三顿饭。是呀,刚刚日头还在当顶,扫了扫院子,喂了喂鸡,出溜一下便滑到西山梁上去了。白日真短,短得匆匆忙忙,慌慌张张,气气喘喘。城里人也不例外,上个班两头不见太阳。早晨起床屋里黑,晚上下班外头黑,回到家里倒是亮堂,可那不是阳光,却是灯光,忙忙碌碌一天就这么过去了。

日子这么紧紧张张,应该过得快吧?没有,丝毫也没有。非但没有觉得冬日短暂,一个个都感到缓慢,要不为啥总见书卷报端出现漫长的冬季呢!冬季的漫长是人们感觉出来的,不,是人们煎熬出来的。日光淡淡的,没有一点温色,寒气就像草原上的群狼到处肆虐。伸出手,手冻得疼。走几步路,脚冻得疼。手脚冻木了,不疼了,鼻尖却辣辣地疼。疼得眼睛直想流泪,却强忍着不敢流,怕流出来把冰碴子挂在脸上。这日子还能说是过吗?不,是在熬,在煎熬。一煎熬日子就长,唉,好漫长,好漫长的冬天呀!

好不容易熬到立春了,可春天只在日历上露脸,天地间还是冬天的鬼样子。寒寒的、秃秃的,没有一点生机。就盼惊蛰,一天一天盼,盼来了惊蛰,似乎也没啥改观。寒还在寒,秃还在秃,要摧毁冬日根深蒂固的营盘不那么容易。没有耐心,没有韧劲,还真不行,那就打消脾气,耐下性子,慢慢熬吧!

忽一日，地皮软了。踏上去不再像往日那样硬邦邦，倒似是踩在了海绵上，软软的、柔柔的。抬起头，高高的杨树梢垂挂起絮穗穗，萧疏的柳树条夯开了黄翅翅。哈呀，河边沿，垄堰根，一色的绿气正在蔓延。真让人摸不着头脑，春天却怎么早已悄无声息地来了。

好啊，春来了！

春来了，哪里还能在屋里憋得住？憋屈了一冬天的肢体早该展放了，憋闷了一冬天的浊气早该释放了。街市上不行，挤窄；村巷里不行，弯折。只有阔野，只有山梁，才是展放肢体、释放浊气的理想地方。二月二，龙抬头。人们出了城，出了村，原野里，山梁上到处是人。小路上是人的溪流，大路上是人的河流，平地上是人的海洋，山巅上是人的峰峦。随便拦住一个打问，这是干什么？回答简练干脆：采春。

采春！

采春？怎么个采法？采法不复杂。满地是春气，走一走浑身是春情；小溪流春水，洗一洗满脸是春意；山壑荡春风，爬一爬萦怀是春温。更别说，枯树丛里的松树叶柏树叶早变绿了，绿得像是点缀的翡翠；更别说，崖壁岩角的连翘花山桃花早已开了，粉嘟嘟的像是仙女的笑靥。有人手痒了，折一节松枝带回去，往花瓶里一插，满屋子清香，春天的气息驱走了冬日的萎靡。有人心痒了，掐一朵粉桃花簪在乌黑的头发上，走到哪儿，都是笑笑的，笑开了一个人见人爱的春温时令。采春，采出的是欢乐，采出的是笑颜！

还有人比他们、比她们更贪婪，见到春色手也痒，心也痒。手痒没动手，心痒大动心，把那春意、春情、春光，甚而春枝春叶、春蕾春花，装满一肚子，塞满一脑子。回到家里放不下，躺在床上推不开，睡在梦里仍是春水流淌、春鸟啼鸣、春芽喷绿、春花怒放……梦醒了，人未醒，反而醉得迷迷离离，痴痴幻幻。迷离中展开纸，痴幻中拿起笔，于是，世人看见："绿柳才黄半未匀"，那是杨巨源采回来的春天；"二月初惊见草芽"，那是韩愈采回来的春天；"昨日春如十三女儿学绣，一枝枝不教花瘦"，那是辛弃疾采回来的春天；"离离原上草，一岁一枯荣。野火烧不尽，春风吹又生"，那是白居易采回来的春天。

　　凡人采回的青枝绿叶，香着香着淡了，散了；凡人采回的蓓蕾花朵，开着开着败了，枯了。而诗人采回的春天，却永恒的绿着，香着。白居易的春草，从唐朝绿满书卷，绿到了今天；辛弃疾的春花，从宋代香满庭堂，香到了今天。

赏 析

　　文章通篇采用欲扬先抑的手法，曲径通幽，渐入佳境。

　　内容上，前三段属于"抑"的部分。第一段从冬天写起，冬天日短夜长，白天的时间一眨眼就过去了；第二段写在人们的感觉里，冬天格外漫长，因为冬天太冷，冬天过于荒凉，在冬天里，人们会感觉格外漫长；第三段沿着时间顺序从立春写到惊蛰，在北方，这个时间段，大地上还是一片荒凉，基本还感觉不到春意。

　　文章的主体部分就在这一片荒凉的文字上慢慢展开，缓缓地扬上去——地皮软了，柳枝嫩绿，接着整个画面活起来的最重要的因素——人，就出场了：采春。采春采的是春色，是春光，是将春意采到心里，采出欢乐，采出笑颜。

　　语言风格随文章情感基调的转换而随之变化是本文的另一个特色。前半部分从平常感觉的角度抒写春天，语言简洁朴素，比如"好婆姨做不熟三顿饭""早晨起床屋里黑""伸出手，手冻得疼。走几步路，脚冻得疼"，这些句子，看似平常简单，实则表意清晰明了，细细斟酌，改不动一个字。而后半部分写到春天的时候，整个片段就呈现出清新典雅的风格，尤其是大量诗句的引用，更使得文章优雅雍容，读之唇齿留香，"白居易的春草，从唐朝绿满书卷，绿到了今天；辛弃疾的春花，从宋代香满庭堂，香到了今天"。

（沈秀娥）

花儿这样开

花朵有没有情感我不知道，开花却有常人难以想象的规律。

赐予我这规律的花说来好笑，不是什么香草名花，竟是一个白菜根。

时下这岁月，谁家没有几盆花，而且多是名贵花。有钱人家，甚而还有草木葱茏的后花园。当然，没有人会去蓄养什么白菜花。我养白菜花是很久前的事，那是在人民公社盛行的年头。我曾是里头伏案制造文字的一个小人物，每日要用大量的时间劳碌于窄小的屋室。两只眼睛不断地在纸页上逡巡，时间久了未免不困倦得昏昏欲睡。夏日还好，走出去往眼眶里装些绿意就会驱走睡意。冬天就没这么好的条件，出得屋来面对的是比房间还乏味的寒秃，一丝的绿色也值得十分珍爱。有一天忽来雅兴，从厨房拿来一个厨师剥去绿叶的白菜根，找个罐筒瓶子，装些水将之放进里面。不几日，陋室里便长出一枝绿彩，嫩嫩的杆、小小的叶，细细地往上窜着。伏案累了，或是思路塞滞，我就停下笔来，在白菜根前观看。乏味的枯燥就在这绿色的洇染里省略去不少。

或许是我的诚心感动了白菜根，这一日，竟然开了花。极不起眼的黄花一瓣一瓣夯翘开来，虽然小得极不起眼，却没有一点的含糊，那细致俊俏的形姿和鲜艳的花色，都让我感到少见的精致。花朵的上头还有比小米粒大不了多少的花苞，一个一个挤得密密麻麻。隔日再看，小黄花变成了两朵、三朵，鼓圆的花苞还有想要爆开的。花儿开到五朵，没见再增加，不是没有再开，而是早开的花朵已经凋谢。花瓣蔫软下去，缩成一团，要是在农田肯定不会是这种样子，花芯里会结出小巧的绿角，生成籽实。而长在罐筒瓶里的白菜花显然没有这般福气，贫乏的养分只够她们勉强开花。她们的日子和我那时候的生活贫瘠得一模一样。越是贫瘠，人的欲望越是强烈，常常有这样的事情，要是出去开会，碰到什么好吃的，我和我同事们当仁不让，每个人都会把胃囊里填塞得满满的。狼吞虎咽，争相填充，就是那时吃饭的最好写照。

我对白菜花的厚爱就滋生在此时，她们赖以生存的物质同样有限，先开的却没有一点点贪欲。而且，体现出的是谦让，匆匆开放，匆匆缩合，匆匆结束了自己的生命，这就是每一朵小花的生命过程。没有她们的匆匆死去，有限的养分就无法输送到还在孕育的花苞，花儿就不会再一朵一朵接着开放。开放的竞相开放，死去的竞相死去，竞相死去的保证了竞相开放的活力。这就是活画在白菜花上的规律，她们没有结出籽实的能力，却结出了对人世不无启迪的道理。

这当然不是她们刻意为之，开花和死去都是自然的规律。但是，她们没有一个会去违背自然。抑或，在人们的眼里她们太呆板，太无能，为何不挑战环境，改变境遇，多获得活着的日子？可正是每一朵花的无能，却催开勃勃不断的整体生趣。

如今，几十年过去了，那一棵白菜花还开放在我的记忆里。

赏 析

素材来源于生活。

生活中的哲理，往往隐藏在看似平凡的点点滴滴之中。好的文章，也常常从生活中看似不经意的点滴着笔，如同闲聊，聊完了才感觉到在这轻松中，悟出了生活的某种真谛。

　　文章通过长在罐筒瓶里的白菜花，以小见大，折射出对人生的思考。这种感悟不是生活和思考的简单叠加，而是循着事物的发展一点一点地演绎，结论自然而然地水落石出。如"她们的日子和我那时候的生活贫瘠得一模一样。越是贫瘠，人的欲望越是强烈"。再如"开放的竞相开放，死去的竞相死去，竞相死去的保证了竞相开放的活力。这就是活画在白菜花上的规律"。正因为如此，"几十年过去了，那一棵白菜花还开放在我的记忆里"。

（沈秀娥）

落叶也可爱

我不止一次观察过树木的落叶,那里有着比人世还严密的秩序。我敢说,倘若人们要是像落叶那样,这世界肯定要比现在美好得多。

秋天,在我们的眼里是落叶的时节。落叶,无疑是天经地义的事情。假若不落叶,那无疑是最大的违背天理。因而,谁也没有为一片树叶从梢头落下感到惋惜。甚而,落叶已在脚下铺叠起厚厚的一层,走过去能踩出吱吱的声响,没有一个人以为那是树叶的叹息,还觉得像脚踏地毯一般适意。我注目落叶纯属偶然,可是,自打第一眼留意日渐光秃的树木,就禁不住天天观看。观看也无法挽留树叶的零落,我却看到树木是那样的深情,她,她们把每一片树叶都视作自己的儿女,竭尽全力地挽留他们,只要他们还有一丝绿意,就毫不撒手地搂紧,将他们使劲箍在自己的臂弯里,抗拒秋风一次又一次的袭击,唯恐强悍的寒流突然裹走自己的儿女。不过,她们的能量是有限的,落叶才是自然的铁律,不落只是情感驱使下的努力。因而,面对每一片树叶的坠落,她们只能发出轻轻的叹息。叹息着,一边目送坠落的孩子远去,一边再把还在臂弯的儿女拉扯得更紧。

树身和树叶的关系,展现的是浓烈的情意,是母亲对儿女的疼爱和眷恋。我更倾心的不是这,是树叶和树叶的关系,他们和她们,让我感到的不光是深深的情意,还有良好的、从不动摇的秩序。他们和她们,是兄弟,是姐妹,其实那一树大大小小的叶子都是兄弟姐妹。既然是如此,他们就不可能同一个时辰来到这个世上。先来后到是他们出生的秩序,而这种时序将会伴随他们的一生,直到在秋风里缓缓飘落。最先跌落的是底层的树叶,他是这群兄弟姐妹中先出生的长者,他享受阳光、沐浴雨露的时候,弟弟妹妹还在孕育,或者刚刚探出头来好奇地打量着这个世界。他是从那个稚嫩的日子过来的,也就对弟弟妹妹那新奇的模样十分爱怜。于是,不敢独自贪婪阳光,不敢独自渴求雨露,匆匆分一些过去,送进肢体,再由肢体输送到他们那里。

这些都是春天和夏天的故事。一转眼,秋天来了,飘零的时令到了。这是不可违抗的,为啥说是时令,不就是时间上苍的命令吗?他知道,夺命的令箭下达了,必须有先行者,不然横扫过来的狂风非把他们整个家族肆虐个七零八落不可。于是,我看到最先落下去的就是来到世上最早的那片树叶。他抑或是这棵树上的大哥哥,他首先脱离母体为的是给弟妹们争取多享受一分一秒母爱的时机。就这么,按照先来先落的次序一片一片落下去,从容不迫地落下去,落到冬天的艳阳照临在遒劲的树干上、枝杈间,梢头还有十片八片树叶顽强地飘扬着。

这时候,每一片树叶都是一面飘扬在我眼睛里的旗帜,一面蕴藏着厚爱、昭示着铁律的旗帜。正是这样的厚爱、这样的规律,使树木得到最大限度的生长,长到一场大雪将枝丫梢头全都染白,最后一片树叶才会落地,去追赶先行的兄弟姐妹,和他们簇拥在一起,贴近大地,化为泥土,滋养另一茬树叶的发芽出世。

赏 析

欣赏本文,首先感受到的是诗一般优美的语言:比如文章开头"我不止一次观察过树木的落叶,那里有着比人世还严密的秩序"。再如写秋天人走在落叶上踩出吱吱的声响,"没有一个人以为那是树叶的叹息,还觉得像脚踏地毯一般适意"。又如"自打第一眼留意日渐光秃的树木，就禁不住天天观看。观看也无法挽留树叶的零落，我却看到树木是那样的深情""树身和树叶的关系，展现的是浓烈的情意，是母亲对儿女的疼爱和眷恋"……将对生活的感悟渗透在对树叶生长过程的描述之中，文章的主旨也就水到渠成，"我更倾心的不是这，是树叶和树叶的关系，他们或她们，让我感到的不光是深深的情意，还有良好的、从不动摇的秩序"，这句也照应了开头的"我敢说，倘若人们要是像落叶那样，这世界肯定要比现在美好得多"，首尾呼应，浑然一体。

王国维先生在《人间词话》中就有"一切景语皆情语"的说法，指出诗词中所有景物都寄托有情思。所以，优秀文章不是景物和情感的简单叠加，而是如郑板桥的画，"心中之竹"而非仅仅是"眼中之竹"，是情感和景物有机融合而成的一个整体。

（沈秀娥）

变身树

人类如何面对生活？如何应对复杂多变的外部环境？

这问题困扰了不知多少代炎黄子孙。一代一代的炎黄子孙都在寻找生活的最佳环境，可那最佳环境就是千呼万唤不出来。因而，一代一代的炎黄子孙无不处于永恒的困顿当中、疲惫的追逐当中。以至于有人在疲惫的追逐中郁闷，乃至抑郁。

去云丘山玉莲洞里游览，我忽然觉得这个困扰人们的问题完全可以轻松解答了，甚至我为找到答案太晚而感到惋惜。

给我答案的是一棵树，一棵不知该叫什么名字的树。

这棵树长在突兀的绝壁上。绝壁上有一个神龛，人们借用岩石开凿出的一个不大的神龛。神龛里安放着神像，神像不大，却足以装下世上万众的心。自从有了神龛，就没有断过香客，少的时候是一位一位，多的时候是一群一群。无论是多还是少，来者无不面朝神龛顶礼膜拜。膜拜的时候会燃起香烛，袅袅的烟雾轻轻飘起，缭绕而上，神龛和神龛里的神灵，以及承载神龛的万丈绝壁，此时都弥漫在温馨的气氛当中。

一年又一年，神龛就这么享受着香客的顶礼膜拜。

一代又一代，神龛就这么享受着香客的顶礼膜拜。

可是，忽然有一天，顶礼膜拜的香客发现了异样的变化，却怎么接受自己跪拜的除了神灵还增添了一棵树？一棵长在绝壁上，贴在神龛边的树。树不大，杆不粗，枝不壮，同神灵一般静静地面对着香客，不喜不悲，无声无息，让人觉得那树身上萦绕着一种神秘。

是什么神秘呢？

无人说得清楚。

神秘的树成了香客的话题。话题成了互不相让的争论。

有人说，是桑树。

有人说，是榆树。

说桑树的人比画，那叶子展堂堂的，很大，是桑树。

说榆树的人纠正，不对，那叶子皱巴巴的，很小，是榆树。

争论引发了人们对树木更为认真的观看，观看的结果是争论的双方再来看过，都改变了自个儿的看法。

说桑树的人回去对说榆树的人说，你说得对，是榆树。

不料来年，说榆树的人又找到了说桑树的人，还是你原先说得对，是桑树。

大眼瞪小眼，都愣了，这到底是棵什么树？

没有人说得清楚这是一棵什么树，我倒认为那是上苍用以喻示广众的一棵变身树。

变身树上展示的是生命的弹力。

其实，当生命树出现在绝壁上时，就喻示了它生命的艰难。一棵树，只要是树就必须遵循树生长的规律，要有土，要有水。水土的充足才是它生长的温馨家园。然而，当这棵树从绝壁上萌生就注定了它生长的艰辛，有限的土，有限的水，时刻困窘着肢体。土是很少的，就是缘了石隙的那少得可怜的一点点土，它才发芽，才生根，才长叶长枝，长成了树。可是，水就不同了，多雨的年份，它从石缝里得到的水多些；干旱的年份，它啃透石头也吮吸不到几滴乳汁。好在枝叶很是懂事，知道扎根绝壁的不易，会把有限的水分运用得恰到好处。于是，一棵树就出现了不同的树叶。有水的年头，枝叶舒展，人们看到的像是桑树；缺水的年头，叶掌紧缩，人们看到的像是榆树。

  桑树、榆树长在了同一棵树杆上，绝壁上的树木用叶掌演绎着生命的机趣。在艰涩的困境中调节自我，适应时局，生命才会游刃有余，成为绝壁上永不枯竭的风景。

  一年又一年，顶礼膜拜的香客络绎不绝。

  一代又一代，顶礼膜拜的香客不断改换面孔。

  绝壁上的树，依然在倔倔地生长，生长着上苍赐予人类的喻示。

赏析

  这是一篇借物言志的散文。通过一棵长在悬崖上的树，告诉我们，人生要随时根据外部环境的变化调整自身的生存方式。

  首先抛出问题并对问题进行简析，"人类如何面对生活？如何应对复杂多变的外部环境？"，这个问题困扰了一代一代人，但都没有答案；然后写云丘山悬崖上神龛旁的一棵树，由于长在绝壁上，生长必需的水和土都非常有限，就随着外部环境的变化而及时调整生存方式，"有水的年头，枝叶舒展……像是桑树；缺水的年头，叶掌紧缩……像是榆树"；最后由树及人，自然而然得出结论，"在艰涩的困境中调节自我，适应时局，生命才会游刃有余"，引发人们对生活的思考，令人回味。

（沈秀娥）

飞雪的考场

今年雪来早，雪来早，早到了众生还没有想她，她就到了。来得轻手轻脚，来得大方慷慨、飘飘悠悠、洋洋洒洒，往地上铺，往树上挂。只一转眼地上白了，房上白了，树上白了，若是你在外头行走，发梢眉尖、肩膀鞋面，都是白的。白得这世界上银装素裹，遮掩了往日繁杂斑驳的姿色；白得人心里洁净雅致，洗涤了往常那烦躁焦虑的情绪；白得我直想扑向阔野，对着雪花舞蹈飞扬的长天，对着被雪厚重覆盖的大地，放声高唱一曲雪的颂歌！

雪是上天的娇魂，雪是上天的洁神，雪也是上天的领舞者。若不是上天，谁会有这么大的魔力，转瞬之间将从世间汲取的水汁提取得如此之纯，如此之净，纯得没有一点杂质，净得没有一点杂色。然后，抛起来，撒开去，漫天飞舞，遍野覆盖，活脱出一个全新的天地。

上天的娇魂、洁神、灵物到了人间，不光是要扫除万里尘埃，不光是要涤滤千秋浮躁，也不仅仅是为世人展示出一幅阔大无边的浩瀚画卷，而是……而是什么？上天无言，无言的上天似乎在说，这是一幅铺展开来的考卷。考你，考我，考他，还要考牛，考马，考树，考花……考一切在这个尘世间的物什。这考试从什么时候开始，人类无法记忆，上苍没有记忆。上苍只能记得白卷，白卷，一次一次的白卷，白白铺展了一次又一次。然而，上天毫不泄馁，仍然一次又一次地飞扬雪花，铺衬大地，展开一张又一张洁白无比的考卷。上苍无言，无言的上苍暗暗盘算，谁答出了这个命题，就让谁代替自己去主导这个世界。

然而，白卷还是交了一次又一次……一次又一次的白卷并没有消解了上苍的耐心，继续等待，等待，等待着人的出现，等待着他从人群中走来……

走来了，走来了，上苍终于看到他走出了窝棚，走向了阔野。他低下了头颅，他贴下了身肢，他笑出了声音，是雪地上鸟兽的足迹化作了他大笑的音符。他捡起了一根柴枝，已在纵画斜撇。他的这一连串动作将成为中华民族最古老的书写，因为，他从上苍铺展开的考卷上读出了象形。象形成了他写给上苍的答案，也成了我们的文字！缘于文字我们打开了祖先的笔记，去阅读祖先的智慧，去继续祖先的业绩。在这打开、阅读、继续里，我们加快了人猿揖别后的步履。因为，我们从那里读到了先祖发现的高天的秘密、大地的秘密、禽兽的秘密、草木的秘密，文字给了我们生命的活力。

我们还感受不到这活力的时候，上苍已满意地笑了，笑着收下了漫长等待之后的第一张答卷！并且将他的名字留在了世上，从此仓颉走进了一代一代中华儿女的记忆。

雪的考试该结束了吧？没有，上天仍在飞舞雪花，仍在铺展雪地，又进入了漫长的等待，等待得是否焦虑了？要不，何会这么早就来了一场雪，一场铺天盖地的雪？

地上的树全白了，松树、柏树、桐树、槐树一律地白了，白了头顶，白了身子，白成了负荷，白成了扭曲，甚至折枝断杆，残了自己的肢体。在这断裂里，唯有柿子树高昂着，伸展着遒劲的枝杈。这是何故？细细观之，原来这柿子树不贪不婪，早早就清空了春日夏季赐予的那富丽的绿叶。那何止是清空绿叶，是在涤滤自我的贪欲！无欲则刚，于是，在早降的暴雪里，他，他们昂扬着枝干、昂然着气节，在毫不犹豫地回答上苍的考题，奋然写下清贫者的胜利！

赏 析

本文立意新奇，写法独特。

以"今年雪来早"起笔，看似好不经意，然后也如常文一般开始描述今年早来的这场雪，侧重写雪的白，白得洁净雅致；第二段侧重写雪之纯，纯得没有一点杂质；第三段文风突转，由万里白雪转向"考卷"，但又没直接回答，而是用一整段发问，"考什么"，段末虽然没有答案，但给了导向，"谁答出了这个命题，就让谁代替上苍去主导这个世界"；然后，这天地间最有灵性的生命——人出现了，他们在这片土地上奋斗、拼搏，"走出窝棚，走向阔野"，创造文字，创造历史，创造文明。至此，我们方才明白，文章看似写雪，实则写人，歌颂人的伟大。

然而文章并没有至此结束，作者继续顺延至另一个相关的话题：创造这个世界的人类应该怎样更好地生存下去？文章最后一段给了答案：大雪中的树木有的扭曲，有的折枝断杆，唯有柿子树傲然挺立，什么原因？"原来这柿子树不贪不婪，早早就清空了春日夏季赐予的那富丽的绿叶……涤滤自我的贪欲！"引发出无欲则刚的道理。

地球上的生命中，人无疑是最伟大的，但这个话题很大，很难驾驭，作者以白雪为题，短短一千多字，举重若轻，展现出驾驭文字的深厚功力。

（沈秀娥）

冰

入了冬，刮过几阵西北风，天骤然冷了。我们的村落立即被冰雪包围起来。这时，再勤劳的人也不得不松下手中的活计，开始迷恋热烘烘的炕头。在温暖如春的屋子里，女人们做些针线活，男人们边拉闲话，边嗑瓜子，间或抽上几锅子旱烟，弄得青烟袅袅，全家也就沉浸在一年劳作希求的幸福中了。

小时候，我却不贪图这种幸福，一点儿也不迷恋那暖烘烘的热炕头，我迷恋的是从窗户玻璃中看到的冰天雪地。那儿才是我的自由世界，那里才有我渴望的幸福。奶奶却怕我冻坏，不让我出去，只有趁她不留意，我才能溜出去，飞到自由天地。

出了门，我一口气跑出村，跑到遍地冰封的世界里来。这满地的冰，惹得我好不奇怪。春日那一汪汪镜子般的水田，成了一方方洁白的大玉块。一块一块，一直排延到天边。夏日那潺潺欢歌的小溪，成了一条银白的素练，直飘到旷野尽头，像是把大地缠裹起来。我乐了，滑冰、砸冰、搬冰、扔冰……耳朵冻疼了，便用手捂住暖一暖；手冻疼了，哈口热气搓一搓；脚冻疼了，使劲地跺一跺。还不治事，我索性撒腿跑开了。跑了一程，脚不冷了，浑身也热乎乎的，心松下来了。稍不留神却滑倒了，摔在冰上，好疼呀！我简直想哭出声来。

然而，我很快忘了疼痛，被眼前的冰吸引住了。那冰真好看。一排排方形图案，像是落满雪花的房屋，一株株粉装的枝干，似缀满雪团的树木。真美呀！我沿着小溪看下去，一会儿冰上像是一树树梨花，一会儿像是一枝枝梅花,一会儿又像是一朵朵洁白的莲花,甚而还有那么几只若隐若现的兔子和白鹭。我忘情地看着,看了小溪看稻田,看了稻田看池塘,总觉得大概在我沉睡的时候,来了一些高明的画师,他们不怕冷,不贪睡,挥笔画呀画呀,在冰上画出了这不凡的画幅。我像发现了什么秘密一样,跑回去问奶奶,哪知,奶奶把我冻红的双手揣在怀里,一个劲儿地责怪:"瞧,冻成这样了,多不懂事。"

我不乐意,也没泄气。寒假里,爸爸回来了,我又问他。他领我到了汾河边。我立即呆住了。呀!热天里我和爸爸从这儿去过外祖母家,那滚滚的洪水,差点没有掀翻我们的小船。如今,滔滔流水没影了,河上河下全被冰凌封严,真像碧玉砌出的飞机跑道。爸爸要我从冰上走过,我不敢,踏上一只脚,又收回来,唯恐踩破冰,陷下去。爸爸笑了。这时,岸上下来一辆大车,马蹄踏踏,车轮滚滚,从冰上碾过去了。啊!这冰铺平了天堑,连通了两岸的道路,多结实呀!我不再犹豫,跳上去,撒腿跑着。跑过去,又跑回来,我催问爸爸:"这冰到底从哪儿来的?"

爸爸凝神吟道:"冰冻三尺非一日之寒。"我不懂,他便给我讲,我还是似懂非懂,听不明白。不过我清楚,是寒冷的天气给我送来了美妙的世界,送来了生活的乐趣。长大了,我才逐渐品尝出爸爸那句话的滋味,明白了不论做什么事,都需要下一番苦功。没有三九严寒,就没有那些栩栩如生的冰画,就没有那座厚厚实实的冰桥。我还像儿时那样,不贪恋温饱的幸福,乐意在艰苦中奋斗。哪怕竭尽平生力气,只要能凝出几幅冰画,架起一座冰桥,也心甘情愿!

赏析

本文有两大特点:

一是文风干净利落，有话则长，无话则短。由小时候玩耍时见到美丽的冰花引发思考，到跟着爸爸去看汾河上厚厚的冰层，再次引出问题"冰是哪里来的"，最后水到渠成得出结论，没有丝毫拖泥带水，简单干净。

二是从生活中的平凡琐事着笔，立意深远，耐人寻味。最后一段先升华出主题"冰冻三尺非一日之寒"，进而再次升华"不论做什么事，都需要下一番苦功"。因而，"我还像儿时那样，不贪恋温饱的幸福，乐意在艰苦中奋斗。哪怕竭尽平生力气，只要能凝出几幅冰画，架起一座冰桥，也心甘情愿"！语言富有哲理，促人奋进。

（沈秀娥）

夜来香

学生时代，正遭内乱，动荡颠沛耗费了我十年金子般的光阴。及至今日，才发现那岁月留给我一片荒漠。我领悟了，不禁对书、对笔倾注了一汪追悔之情。我希望从那浩瀚书卷中汲取前人的智慧和营养；我希望用瘦削的笔披露我的思绪和感情。然而，繁杂的工作充斥了我的白昼，使我读写愿望无立锥之隙。

每每晚饭后，我才能进入那样一种全新的天地。或捧卷诵读，在智慧的海洋里扬帆进取；或伏案纵笔，任情感的潮水在纸卷上飞泻奔流。欢快、愉悦、兴奋伴随我奉送初夜的光阴。

渐渐地，夜深了。白天劳累的倦意悄悄向我袭来。当我感到这一切时，已处在四面重围之中。随时都有被俘就寝的危险。我猛然挣开身，步出小屋，伸臂甩腿，袒开胸襟，一任夜风轻轻吹散倦意。

这夜，静得很。相邻的屋里灯光渺然，乘凉的絮语飘然早逝。一切都已沉睡。我踱步窗前，心中未免泛起一丝孤寂之感，口中也叹出微微的怨哀。突然，一股暗香扑鼻而来，清雅、淡淡的美味令人神清体爽，倦息尽扫。借着灯光，我环顾四周，寻觅着暗香的踪迹。终于，在窗前花池里那尺把高的绿株上，发现了一朵浅黄色的小花。

哦，夜来香开花了！

我蹲下身去，仔细品尝那花的清香。恰在这时，那绿株的顶端，又一个嫩苞轻声炸开。瞬息间，黄淡淡的花瓣伸展开来，那芬芳也随之飘悠而去。这弱小的花株也没有入睡，她继续着白昼的生长、孕育，在夜色中悄无声息地绽开了。我久久地观望着，多么迷人的花朵，多么醉人的芳香！

从那时起，我常常开窗夜战，让灯光抛撒出去，为那花儿镀上一层金辉，又让那花的清香盈满小屋，融入我的思绪、我的文稿……

光阴荏苒，不觉然窗外的夜来香已有四五尺高了。她的周身籽实累累，而梢头依然孕着苞，绽着花，在秋色里繁衍着盎然生机。这时光，我的案头也不尽是退稿信了，平添了几张用稿通知单。但我的果实比夜来香相差极远，又怎敢释卷辍笔呢！

夜阑人静，我依旧伴着夜来香，伏案孜孜奋求。夜来香也依旧伴着我，送我缕缕芳香。

赏 析

信手拈来皆文章。

在所有的文学作品中，散文的选择题材可以说是最广泛自由的。写人、叙事、写景、咏物、访旧、怀友、风土人情、国际风云、街头景色、往事回顾……均可以作为散文的题材。

本文抒写自己与夜来香相伴，深夜笔耕。夜来香长高开花，我的案头也"平添了几张用稿通知单"。表面写花，实则写人的努力进取。每个人在生活中都会有自己独特的感觉，把感觉写下来，或许就是一篇优美的散文。

（沈秀娥）

第一辑 短笛无腔信口吹

醉人未必是美酒

醉人似乎要美酒，其实未必。悦目的风光能醉人，赏心的文化能醉人，沧桑的历史也能醉人。醉人未必是美酒。人往高处走，处处见美景，处处饮美酒。

文 人

词典解释：文人是写文章的读书人。

照这么说，现今的文人够多了。读书的人多了，写文章的人也多了，自然而然文人也就多了。

可是，我总不以为然，似乎写文章的人不一定都是文人。真正意义上的文人应该卓尔不群。

这是书面话，好听的话。说透了，文人就像不随群的羊，要像不入流的水。人们朝东走，说不定他要朝西去；人们朝南走，说不定他要朝北去。你有你的办法，我有我的主意，而且，我这主意要是打定了，任他多少匹烈马也把我拉转不回头！

——莫非这才是文人的样子？

之所以不随群，不入流，是因为文人除了像别人一样过日子外，还不停地看书。书这东西，无疑是个好东西，记载的都是前尘旧事，都是人生要义，少不了透露一些做人的真谛。读着读着，上知了天文，下晓了地理，看得穿迷雾，悟得透世理，原来这书中泄露的就是天机，怪不得当初仓颉造字，"天雨粟，鬼夜哭"，不就是怕人们知晓了天地间的奥秘？

文人得道，身在今日，心在明日，眼前的诸多事情就难以尽心如意。看上去七高八低，错错杂杂；走进去七上八下，坎坎坷坷；要梳理七扭八挂，纠纠缠缠……这境况与心中的天地、与明日的世理，差之千里万里。于是乎怨气陡生，愤愤难平；于是乎指手画脚，数道斥骂；于是乎免不了遭冷遇，看白眼，受到他人的冲击……

这就注定了文人的境遇，曲曲折折，起起落落；

这就注定了文人的日子，孤孤独独，寂寂寞寞；

这就注定了文人的心情，郁郁闷闷，忧忧愁愁。

因而——

文人做事，不会坑蒙拐骗，昧着良心发财；

文人从政，不会浮夸虚报，厚着脸皮升官。

所以——

苏东坡一垮再垮；

柳宗元一贬再贬；

连电视剧里那个刘罗锅不是也被摘了宰相帽，贬成了个城门官？

然而——

世事越千年，这些难活的人却轻易死不了，活着，活着，活在口舌中，活在书卷里，甚而，还能风光在电视电影上。

活着，艰难可怜。

死后，风光体面。

——文人，难道就是这般！

赏析

本文既联想丰富、思接千载，又收放自如、形神兼备。

所谓联想丰富。从一开始写人们对文人的印象，联想到仓颉造字、自古以来文人的处境，再写到苏东坡、柳宗元、刘罗锅……大大地丰富了文章的内容，深化了文章的主题。

所谓形散神兼备。文章虽然涉及的历史人物很多，但这一切都是以文人为聚焦点，分析古今文人的风骨与气节，最后感慨虽然有些文人活的时候处境艰难，但只要气节不倒，风骨铮铮，就会永远活着，活在后人的口中。

（沈秀娥）

诗 人

诗人，是明天的人，不是今天的人；

诗人，是理想的人，不是现实的人。

人们常说：文人无形。其实，最无形的是诗人。

所以说，诗人是水一样的人，不是山一样的人。诗人像水，还是流动的溪水河水江水，不是凝定的池水塘水湖水。诗人更像是变了模样的水，像汽像雾，不像固定不动的冰。

诗人是好人，好人心最好，好就好在他要世间天天都花好月圆，坏也就坏在这里。花好月圆确实人人喜爱，可是世间难能天天如此，花开就有花落，月圆必然月缺。无花的日子多过花开的日子，月缺的日子多过月圆的日子。

无花的时候，诗人盼花，盼得食不甘味；开花的时候，诗人爱花，爱得不识晨与昏；花落的时候，诗人想花，想得人比黄花瘦——诗人难以解脱个"忧"字。

无月的时候，诗人盼月，盼得夜来难寐；月圆的时候，诗人爱月，爱得人约黄昏后；月缺的时候，诗人想月圆，想得生死两茫然——诗人难以解脱个"愁"字。

诗人活了一生，忧愁了一生。

因而，诗人常常：念天地之悠悠，独怆然而涕下！

诗人忧愁了的时候，也想解忧。何以解忧？唯有杜康。这就把诗人泡在酒缸里了。所以，后人说，李白斗酒诗百篇。诗是写了不少，但是忧愁没解,不然何会还有:举杯消愁愁更愁?

说透了吧?诗人都是想掌权的人,想用权力保证花好月圆。

可是,诗人什么都可以干,就是不能让他掌权。南唐后主李煜掌过权,权掌成了个什么样子呀?亡国!别人遭了多少殃不说,他自己也问君能有多少愁,恰似一江春水向东流。

掌权是操持今天,不是想象明天,不能有丝毫的浪漫。如果把诗人的浪漫带进治国的方略,那就难免不弄出个:人有多大胆,地有多大产。其结果弄得吃了今天没明天,忧愁倍添。

看来,掌权人应该让天下人没有忧愁,减少忧愁。可是,没有忧愁就没有了诗人。

生于忧患,死于安乐,一旦安乐到手,又向往新的安乐。诗人不能贪图安乐,贪图安乐的人可以把诗写得很完美,完美的诗不一定动人。不动人的诗死亡率很高,往往诗人还未死,诗已经死了。

诗要是死一首两首还罢了,要是死完了,诗人活着也不是诗人了。

赏 析

长于用典是本文一大特色。恰到好处的用典既可以减少语词之繁累,又可以丰富文章的内容,增强文章的知识性。比如写诗人难以解忧,化用李清照的"人比黄花瘦";诗人难以解愁,化用苏轼的"生死两茫茫",写诗人经常忧国忧民,化用陈子昂"念天地之悠悠,独怆然而涕下",写诗人想排解忧愁,化用曹操的"何以解忧?唯有杜康"……最后写诗人的理想追求与其写诗之间的矛盾,分析南唐李后主的生平,道出普通意义上的诗人和政治家的区别。

有的文章以情动人,有的文章以景迷人,有的文章以丰富的知识性引人入胜,本文更能见出知识积累对写作的重要性。

(沈秀娥)

伟 人

伟人是世界上成功的生命。

伟人的成功不同于普通人的成功。普通人的成功，在于改变了自我的命运，以及与自我相关至殷的人的命运。伟人的成功，在于改变了一定时代的社会运行方式，也改变了许许多多人的命运。

伟人是从凡人起步的。

凡人的历程上曲曲折折，坎坎坷坷，风风雨雨，霜霜雪雪。凡人一往无前，不畏曲折，不畏坎坷，不畏风雨，不畏霜雪，凡人就不是凡人了。凡人若是畏惧曲折，畏惧坎坷，畏惧风雨，畏惧霜雪，就永远是名副其实的凡人。

凡人通向伟人的历程还不仅仅是如何面对艰难，更为重要的是如何对待优裕。凡人也有舒舒适适、甜甜蜜蜜、幸幸福福、美美满满。凡人拥有了舒适、甜蜜、幸福、美满就不愿意离开了，迷醉其中，不可自拔，所以才无法走出平凡。伟人则不然，他拥有了舒适，就要挣脱舒适；拥有了甜蜜，就要挣脱甜蜜；拥有了幸福，就要挣脱幸福；拥有了美满，就要挣脱美满。

在凡人看来，伟人带着傻气、憨气，不会享受已经获得的优裕。

在伟人看来，今天的获得是小获得，今天的拥有是小拥有，明天的获得和拥有才是大获得和大拥有。而到了明天，明天又是今天，今天的前面又有明天，明天永远是伟人的目标。伟人的生命是艰辛的，唯其艰辛，伟人的生命才令人注目，也才有了不同于凡人的光彩。

当然，伟人的成功需要力量和智慧。

伟人以为自己力量太小太小，自己的智慧太少太少。凡人正相反，总以为自己的力量很大很大，自己的智慧很多很多。所以，凡人尽量地发挥自己，而伟人尽量地发挥别人。

伟人把别人的力量变成了自己的力量，把别人的智慧变成了自己的智慧；凡人则把自己的力量变成了伟人的力量，把自己的智慧变成了伟人的智慧。

伟人的富有在于——

拥有脑外脑，力外力！

凡人以为自己是成功最多的人，伟人则不同，伟人的成功只有一次，那一次不是一飞冲天，就是一鸣惊人，甚而是

——石破天惊！

赏 析

哲理性是本文的一大特色。

这种哲理性首先表现在文章的立意上。文章通过分析伟人和凡人的区别，得出结论：伟人是从凡人起步的。凡人若经过艰苦努力、不畏艰险、勇往直前就可能成为伟人，反之，如果安于现状、因循守旧，那也就只能是个凡人。

富有哲理性的语言在文章中也比比皆是。如"凡人通向伟人的历程还不仅仅是如何面对艰难，更为重要的是如何对待优裕"；再如"伟人的生命是艰辛的，唯其艰辛，伟人的生命才令人注目，也才有了不同于凡人的光彩"；又如"凡人尽量地发挥自己，而伟人尽量地发挥别人"……

（沈秀娥）

圣 人

有位声名显赫的人物，在评价其亲密战友时使用过这样的话：像他这样的天才，中国几千年、世界几百年才出一个。

这话用来评价自己的顶头上司有些吹捧之嫌，可是用来评价圣人却再恰当不过了。

出个圣人确实不易。

圣人和伟人不同。

伟人是务实者，圣人是务虚者。

伟人用自己的行动改变社会，改变人的命运。

圣人用自己的思想改变社会，改变人的命运。

伟人也有自己的思想，但无论自己的思想怎么变，变来变去总带着圣人思想的痕迹；圣人也有自己的行动，但无论自己的行动怎么变，变来变去总和社会和他人有着难以弥合的裂缝。

圣人的行动在当时、在当地，似乎就是怪诞的代名词。圣人对人对物对事总爱评头品足，指指画画，在别人眼里也就是个唠唠叨叨不讨人喜欢的老头子。

圣人和社会有着深深的隔膜。

圣人要社会变成自己喜欢的样子，这社会必须改变原来习惯了的样子。社会的样子要靠人改变，人的样子不变，社会的样子也就改变不了。可是，人们总喜欢把习惯当成行为的尺子，用这尺子丈量和裁剪出来的行为只能重蹈旧辙。圣人的行为最先跳出了旧辙，因此，也就不合乎这把约定俗成的尺子。

圣人要活得好些，就应像世人那样。圣人却嫌世人活得不好，没有像他一样。孤独，寂寞，寥落，于是成为圣人的生活写照。

圣人无法用说话改变世界，也无法用行动改变世界，又不甘心让世界继续这么平庸，所以，圣人只好用笔向世人诉说，诉说出与时代格格不入的方略。这方略大多成为世人不屑一顾的异端邪说。

可是，多少岁月过去，后世子孙的所作所为居然全践行着那异端邪说。这时候，昔年那不识时务的老人突然被尊崇起来，红得人人礼赞，紫得个个叩拜。遗憾的是，圣人却无法领略这般礼遇了。

可悲的是圣人。

可敬的是圣人。

——圣人是超前的人，可以跨越时代与后世子孙对话的人。

赏析

什么是圣人，圣人精神的实质是什么？这是一个很大，也是很抽象的话题。为了化解这种"大"和"抽象"，作者运用类比的手法，将圣人和伟人相类比，认为"伟人是务实者，圣人是务虚者"，伟人用行动改变世界，圣人用思想改变世界，"圣人和社会有着深深的隔膜"，他们"孤独、寂寞、寥落"。但是，"圣人是超前的人，可以跨越时代与后世子孙对话的人"，是可敬的人。用这种类比的手法，将大的话题化小，抽象化具体，艰涩变浅显，很轻松地将一个深奥的话题写得明白易懂，又意蕴悠远。

（沈秀娥）

汉字意味长

汉字的来历犹如一首民族文化的赞美诗。

这赞美诗得益于一个人——仓颉。仓颉是个聪明人，黄帝对他十分偏爱，不让他打猎、耙田，把他留在身边管理屯里的粮食和捕到的猎物。仓颉找些葛藤，挽个绳结记住了数量的多少。黄帝很赏识他，又让他掌管猎物的分配和祭祀的礼品。事更多了，仓颉凭葛藤记载不过来，就找些贝壳，用一个代替十个绳结。黄帝看仓颉这样能干，又让他当史官，记载天下的大事，这一来靠结绳、贝壳不行了。仓颉冥思苦想也没有想出好方法。

这日夜里，北风吼叫个不停，叫得仓颉翻来覆去睡不着。好不容易才睡着，一觉醒来屋里豁亮。出门一看，哟……好白好白！天地间到处白茫茫的，白得他的心胸亮豁了许多。他迈开大步，往前走去，在路口看见三位猎人。一人说往东走，东面有羚羊。说着，指指地上的蹄印；一人说往北走，北面有鹿群。说着，也指指地上的爪印；一人说往西走，西面有老虎。说着，还是指指地上的爪印。仓颉听着，看着，突然高兴地跳起来，就是这地上的爪印启发了他。他比比画画，刻刻写写，不仅用动物的爪印记事，还用动物的形象记事。中国最早的文字就这么在皑皑雪原上诞生了。

——这就是象形字！

普天之下还有比汉字更洁雅、更美好的诞生吗？不敢说绝对没有，但迄今还没有走进我的耳目。或许，正是汉字的诞生非同寻常，大家也把仓颉视为非同寻常的神人看待。古人为仓颉画的像，竟然是四只眼睛。仓颉当然不会是四只眼睛，但是，这画像至少说明他聪明过人。

汉字真是仓颉造出的吗？未必是。鲁迅先生在《门外文谈》就有众生造字的说法："有的在刀柄上刻一点图，有的在门户上画一些画，心心相印，口口相传，文字就多起来了。史官一采集，就可以敷衍记事了。中国文字的来由，恐怕逃不出这个例子。"和鲁迅先生观点相同的大有人在，而且比之还早。当人们对仓颉顶礼膜拜时，有人却编个故事调侃仓颉。说仓颉创制出文字，大伙觉得他了不起，他也觉得自己了不起，趾高气扬，目中无人。媳妇见他傲慢，就挑剔他的毛病。她指着"重"问，这是个什么字？仓颉说，是重字！媳妇说不对吧，这是个"远"字。仓颉纳闷地问，为什么？媳妇说，千里在一起不就是远吗？仓颉觉得媳妇说得有理，可是用什么表示重呢？媳妇手指着"出"字说，两座山摞在一起不就是重吗？仓颉愧疚地说又搞错了，从此再不敢得意忘形。是啊，谁也无法否认仓颉聪明，可是智者千虑必有一失，愚者千虑必有一得。这虽然是个传说，不必当真，然而将之点缀于汉字的初创，就有了别开生面的意趣。

最值得品味的是典籍里相关的记载。《淮南子·本经训》中写道："昔者仓颉作书，而天雨粟，鬼夜哭。"对"天雨粟，鬼夜哭"，我曾轻浮地认为，就是刮大风，下大雪。下大雪，时常下一种米粒般的雪，岂不是天雨粟？刮大风，免不了一声声吼叫，莫不是鬼夜哭？现在想来，恐怕没有如此简单，其中潜隐着对后世子孙的忠告。没有文字之前，人类的经验、技术只能面对面、手把手地直接传授，而有了文字就能跨时间、跨空间地接收、传授了。文明提速，对天地的索取加快，自然万物面临着毁坏的威胁，"鬼夜哭"不无杞人忧天般的预见！当初杞人忧天，那过早的忧虑成为笑柄，而今漫天尘霾笼罩天地，谁还敢嘲笑杞人迂腐？汉字塑造出的杞人才是最精明的超人。

赏 析

知识性和趣味性并存，这是一篇科普类的美文。

本文讲述汉字的诞生。汉字的诞生有一个很长的过程，也由此流传下来许许多多的典籍和与之相关的传说。作者选取了汉字诞生传说中最有代表性的仓颉，将贝壳记事、结绳记事、象形字的出现等创造文字的重要事件，融入通俗、简洁的故事之中，又选取了仓颉和妻子关于"重"和"出"的对话，告诉我们汉字的另外一种类型——会意字。作者通过这个有趣的故事巧妙地告诉了我们汉字起源的知识。

而后引用鲁迅先生的话，增强文章的严谨性。告诉我们，汉字是许许多多如仓颉一样的劳动人民，在生活中通过观察、思考一个一个创造出来的。文章最后一段关于《淮南子·本经》"天雨粟，鬼夜哭"的引用，突出了文字对人类发展起到了举足轻重的作用。

（沈秀娥）

可爱的汉字

在世界琳琅满目的艺术中，唯一能够跻身其中的书写艺术就是汉字派生的书法。书法是汉字的独特创造，是世界艺术园林中绝无仅有的风景。

有人对书法做过形象的比喻，说篆书如圈、隶书如蚕、楷书如站、行书如走、草书如舞。这说法不算精辟，也基本抓住了书法艺术的特点。不过仔细一想，书法实际是汉字的不同书写方法。汉字一路走来，起伏跌宕的步伐，遗留下曲折坎坷的足迹。甲骨文——金文——篆书——隶书——楷书，这是汉字演变的主要样式。甲骨文成型于三千三百年前的殷商时期，金文紧随其后，因铸造在青铜器上而得名。春秋战国时文字比较复杂，流行于秦国的籀文即是大篆。秦始皇统一中国"车同轨、书同文"，一统天下的文字不是大篆，而是由大篆演变而来的小篆。时隔不久又一种文字流行开来，几乎与小篆同时并用，这就是隶书。楷书要到西汉末年才问世，可在此之前已经出现了草书。如果说，草书是跑步，是跳舞，没有坚实地站立，跑和跳都会因缺少稳定而大打折扣，楷书也就应运而生。

谈起书法，可以罗列出一大批名人，即使一略再略，也无法抹去王羲之、欧阳询、柳公权、颜真卿的名字。王的端正清秀、欧的正中险绝、柳的风骨卓然、颜的健朗刚劲，让书法艺术直步青云，炉火纯青。也有人不评价书法大家，而是以时段发表宏论。指称篆字虬曲有致，伸缩自如；魏碑的铁骨铮铮，顶天立地；唐楷凌然端庄，不疾不徐；

宋隶的蚕头燕尾，灵动飘逸。甚至言及，这些墨色集日月滋养之精华，携天地孕育之灵气，没有深厚的人格修养和学识见解，要写好汉字绝无可能。这固然有些夸饰，但是不可否认缺少对人生、对世事的洞察，就无法理解汉字的深邃，书写汉字也只能徒具形色，难得神韵。

该说说书写汉字的工具了。刀刻竹简的书写早成往事，使用最长的要数毛笔。现今的实用书写已与毛笔绝缘，挥毫泼墨的书法却非它莫属。就是这毛笔使中国字的写法与外国决然不同。外国人书写使用的是钢笔，尖利的笔头划过纸面留下清秀的字体。流利里透出的是顺畅，顺畅里显示的是快捷。外国人快捷的钢笔在纸页上飞翔时，国人的毛笔缓缓涂染卷面，还要涂染得点如桃、撇如刀；还要柔中见刚，入木三分；还要横平竖直做人也像字。于是，当人家书写出工业文明时，我们还在勾画春牛图绿荫里"锄禾日当午，汗滴禾下土"。因而，坚船利炮轰开国门，我们只能用毛笔写下一张张和约；因而，每一张毛笔写就的和约上都蜷伏着两个大字：屈辱。

掀过旧事，如今再看毛笔，有了决然不同的认识。钢笔书写的字只能是实用，舍此别无价值。毛笔则不然，实用以外的观赏恐怕是更重要的。一个软绵绵的笔头，要写出刚劲，要写出健筋，要写出风骨，要写得力透纸背，还要入木三分。这哪里还是简单的写字？分明是活画一个人的精神气质。至此，东西方两种截然不同的思维方式显现得一清二楚。直达目的的索取和委婉回旋的玩赏，孰优孰劣，一目了然。仅就物质的占有和掠取而言，以实用思维为主导的西方超前发展是一种必然。所以，欧美理所当然占领了世界经济的高地。不过，当资源面临枯竭，环境日益恶化，人类渐进困境，人们才蓦然觉醒，那种超前发展潜在的正是直赴世界末日的危险。再回味国人的思维，注重物质利益的同时，更趋向精神层面的享受，适度节制的步履正是合理利用能源的写照。汉字书写的文化风情里居然开出了医治世界顽疾的药方。难怪诺贝尔文学奖获得者集聚一起，探讨人类的出路，会把希望的目光投向东方，投向中国。

汉字，我们的先祖留下的这宝贝汉字，集纳着千古风情，昭示着未来前景，真可爱，真真可爱！

赏析

　　知识丰富、信息量大、主旨深远是本文的特色。文章介绍了汉字的演变过程以及篆书、隶书、楷书、草书的特点，简要概括了我国古代书法名家及几类字体的特色，再谈到书写工具特征及演变过程、历史背景、中国书法精神气质——刚劲、健筋、风骨独特、入木三分。短短的一千四百多字，涉及许多知识点，浓缩了大量的信息。

　　难能可贵的是，文章没有仅仅停留在知识层面，而是将自己对民族的情感融进客观的抒写之中。文章一开头就对汉字的书写艺术进行高度评价，认为其是"世界艺术园林中绝无仅有的风景"。在介绍书法家及几种代表性的字体特点时，写到人的修养对书法的重要性，"没有深厚的人格修养和学识见解，要写好汉字绝无可能"，否则"书写汉字也只能徒具形色，难得神韵"。尤其写到书写工具的演变，工业革命时，中国发展落后于西方，"坚船利炮轰开国门，我们只能用毛笔写下一张张和约；因而，每一张毛笔写就的和约上都蜷伏着两个大字：屈辱"……文章最后，照应开头，升华主题，"汉字……集纳着千古风情，昭示着未来前景"。

（沈秀娥）

祖 诗

如果说中国是个诗歌的泱泱大国，如果说这泱泱诗海尚有源头，就让我们溯流而上去追寻那古老的诗源吧！

追寻到《古诗源》的首页，我们便走近了临汾城边的康庄。当然那时候还没有临汾，只有平阳的旧称。康庄是个不大的村落，一堵堵黄土墙支撑着一座座茅草顶棚，这就是屋舍。哪一家屋舍也静寂无声，村中的阔地上却欢声笑语，冲天的喜悦簇拥着击壤游戏。透过欢笑，我们可以看到地上已竖直一块木板，一个后生手中高扬另一块木板，就要击扔。就在这时，手中的木板突然被人夺去。夺去木板的是一位老者，他满头白发，连胡须也白了，众人禁不住惊疑，他也能行？只见老者手舞足蹈，脱口吟唱：

日出而作，
日入而息。
凿井而饮，
耕田而食。
帝力于我何有哉！

吟唱未毕，木板已随手抛出，而且不偏不倚，正好击倒地上的那块。顿时，人群中爆发出响亮的喝彩！谁也没有留意这喝彩中有一声外来的音韵，那是尧王由衷的赞叹。尧王是统领远近子民的头领，然而他却谁也没有惊动，欢呼过了，带着满意，带着喜悦，悄然离去，又去巡访异地。不过，足迹所至，尧王都将康庄的祥和欢悦带了去，到处颂扬那里的小康景象。从此，那美满和谐的小康人家就成为人们永远的向往，以致今日我们仍然依恋往昔，要全面建成小康社会。当然，击壤时的吟唱也将众人的向往播撒开去，远走他乡，以致走进了《古诗源》的首页。

这便是《击壤歌》！

飞旋的星球让古老的吟唱成为远去的岁月，转瞬间已近五千年了。五千年的时光消隐了多少往事，然而，那古老的吟唱非但没有淹没，并且已蓬勃成诗词的浪花。于是，我们听到了"路漫漫其修远兮，吾将上下而求索"；听到了"黄河之水天上来，奔流到海不复回"；听到了"问君能有几多愁，恰似一江春水向东流"；听到了"大江东去，浪淘尽，千古风流人物"……正是这澎澎湃湃的浪花，正是这滔滔汩汩的音韵，汇成了唐诗，汇成了宋词，让神州大地成为诗歌的海洋。

倘若面对这诗歌的海洋，我们真要溯源觅流，那上古时代康庄村中的一声长吟就是取之不尽、用之不竭的源头！如果说，诗词同人一样也有先祖，那《击壤歌》就是众所公认的诗祖。国风尔雅，唐诗宋词，哪一首不流荡着她的血脉！

不必去看那外在的形姿了，谁人不知这食与息的交替贯通了数千个岁月！就让我们品吟一下那内在的真味吧！日出而作，日入而息，这是对天道的顺应；凿井而饮，耕田而食，这是对大地的适应。顺天应地的是人，是我们的先祖，将我们的命运切入天地之中，成为不可剥离的自然。在自然中和谐生存的先祖，当然觉察不到帝力的存在，于是便高声抒怀：帝力于我何有哉！如同尧王在康庄悄悄地观察击壤，又悄悄地离去一样，他用智慧将民众导引进适应自然、索取衣食的境界，便寂无声息地退隐了。于是，我们从这古老的诗歌中读出了和谐，而奏响这和谐的却是天人合一和无为而治的旋律！

此时，我们将沧桑远去的历史拉至眼前，触目惊心的是，春秋的无义杀戮、战国的血腥风云，即是秦皇横扫六国的征伐也迸溅着残酷的血色，更别说那弯弓射大雕的成吉思汗，铁蹄过处踏碎了多少祥和与安宁……但是，弓箭、长矛，以至坚船利炮，可以扭转乾坤，可以改写历史，唯一无法撼动的就是这《击壤歌》的旋律。"野火烧不尽，春风吹又生"，是这旋律的自然色泽；"烽火连三月，家书抵万金"，是这旋律的人性呼唤；"采菊东篱下，悠然见南山"，是这旋律的理想吟唱；"但愿人长久，千里共婵娟"，是这旋律的和谐向往！《击壤歌》用甜美的乳汁哺育着后世子孙，后世子孙用纯净的灵魂发出生命的绝唱！

这就是诗，这就是中华民族生生不息的诗，这就是祖诗《击壤歌》繁衍出来的诗！这诗如天降甘霖，滋养生灵；这诗如江河行地，奔流不息。因而，中华大地才汪洋成举世无双的诗歌大国！

赏析

本文将对生活的思考感悟，融进了探寻诗歌的源头之中。《尚书》中有"诗言志，歌咏言"的记载，《礼记》也有"诗，言其志也"。诗歌的本质是对生命独特的发现与表达。

这篇文章探寻的不只是诗歌外部样式的起源，更多的是探寻诗歌的本质与灵魂。《击壤歌》不仅展现出农耕时代上古先民的生活场景，更重要的是展现出原始自给自足和自由自在的生命形态。后世诗词的蓬勃发展，无不承续了诗歌言情言志、书写生命本质的传统。作者在讲述诗歌源与流的时候，更多从内涵上进行分析，比如"日出而作，日入而息，这是对天道的顺应；凿井而饮，耕田而食，这是对大地的适应""我们从这古老的诗歌中读出了和谐，而奏响这和谐的却是天人合一和无为而治的旋律"；再如"'野火烧不尽，春风吹又生'，是这旋律的自然色泽；'烽火连三月，家书抵万金'，是这旋律的人性呼唤；'采菊东篱下，悠然见南山'，是这旋律的理想吟唱；'但愿人长久，千里共婵娟'，是这旋律的和谐向往"等等。

可见，好文章不只是对生活的简单记录，而是对生活的思考与提炼。

（沈秀娥）

第二辑 短笛无腔信口吹

一滴泪水比金贵

告别了摇摇晃晃行走的岁月,也就告别了哇哇啼哭的幼年。从那时起,男儿有泪不轻弹,女儿有泪也不轻弹。可是,总还有泪水要流下来,那是为真情所动,情不自禁流泪水。那样的泪水沉甸甸的,比金子还要重,还要贵!

我不如那个小学生

一篇百字短文竟看得我泪眼模糊。

那是一篇小学三年级的学生作文，题目是《我的理想》。这样的文题我少时不知写过多少次，每次提笔就将背会的豪言壮语、优美词句堆砌上去，不知换得了老师多少次的赞许。现在想来，那是我的理想吗？不是。那是撒谎！撒谎？这样卑劣的事我怎么会做？比撒谎还可悲的正在这里，撒了谎还以为自己一腔豪情呢！这位小学生没有撒谎，他这么写道：

俺爹还没走的时候，他对我说，你要好好学习，天天向上，长大做个科学家；阿妈却要我长大后做个公安（人员），说这样啥都不怕了。我不想当科学家，也不想当公安，我的理想是变成一只狗，天天守在家门口，因为俺妈胆小，怕鬼。但俺妈说，狗不怕鬼，所以我要做一只狗……

读着这篇作文，我的眼泪不由得流了出来。很显然，他的父亲已经不在了，他和母亲相依为命。寡母拉扯孤儿，日子的艰难可想而知，好在拉扯出孩子的一颗孝心，那就是变成一只狗护卫母亲！纯真得让人无法不动心，无法不流泪。流泪的时候，我想到了我的母亲。母亲已年迈八旬了，却依然手脚不停地忙碌。母亲就这么忙碌了大半辈子，忙得手脚笨了，仍在忙碌。她把人生献给了我们兄妹，我们兄妹大了，她又把人生献给了我的儿子、孙子。实际上母亲是忙碌着我的忙碌。有了她的忙碌，我方能闲逸地读点书，写点文章，过着充实的日子。

母亲将一切给了我，那么，我为她做了点什么？掏心说，只有一件事我记着，那是母亲进城后在楼房过了第一个冬天。她说，我头一年没有冻脚。说这话时，她脸上洋溢着喜悦，那喜悦是幸福和满足。母亲的脚冻下了病根，那是小时劳作的孽罪。冬寒了，西北风紧了，仍不能坐进屋里，还在寒地里捡棉花、拾柴火，脚便冻了。从此，不等立冬，那脚就肿成个紫茄子。因为，寒冬仍是她劳作的季节。母亲进了城，依然手不停，脚不闲，只是能把冬寒关在窗外了，她就很满足。如果说，这是我这儿子对母亲的一点恩报，我觉得实在太渺小，太愧疚。想想那小学生要变成狗护卫母亲的理想，我真有些无地自容。

赏 析

细节描写是这篇文章动人的重要因素。本文抓住生活中的细微而又具体的典型情节，寥寥数语，把渗透在母亲对儿子、对家庭无怨无悔的付出写得有血有肉，感人至深。比如写在过去的多少年里，母亲为了家辛勤付出，她的脚每年都会冻伤，写"那脚就肿成个紫茄子"；写母亲进了城后第一年没有冻脚，写"她脸上洋溢着喜悦，那喜悦是幸福和满足"；尤其是写那个小学生的故事交代背景时只分析了一句"很显然，他的父亲已经不在了"，因而小学生的理想是"变成一只狗"守护母亲，读之令人潸然泪下。

没有细节就没有艺术。同样，没有细节描写，就没有活生生的、有血有肉有个性的人物形象。成功的细节描写会让读者印象深刻，提高文章的可读性。

（沈秀娥）

流不断的离别泪

少时读书，无论老师怎么辅导讲解，对杜甫的《春望》都难理解到位，怎么会"感时花溅泪，恨别鸟惊心"呢？

深悟其中的味道是人到中年了。那一年，我赴京去鲁迅文学院研习写作，离开了故乡，离开了妻子儿女。这是我第一次长时间离开家乡。往常出差，说走就走，十天半月就回来了，很少牵肠挂肚，走得也就风行利落。这次一去半年，对家里诸多事情总有些放心不下。儿女尚小，不甚懂事；妻子刚进城上班，还很生疏；父母年纪大了，且乡下还有农田要种……所以，到了京城时常念及家里。

那时候，不像现在，电话普及了，手机也普及了，即使不通话，发个信息立即就知道了千里之外的情况。那时，交流的主要方式只能是通信。我们几乎每天都要写信，写给亲人，写给朋友，距离变远了，感情却变近了。那时，同学们每天最大的喜悦就是接收来信，若是谁的信多，自会博得众生的艳羡。

学校为调适大家的情感，请来了几位著名的歌唱家慰问演出。如今，过去二十余年了，还清楚地记得，马玉涛一句歌就唱得我双目泪流，擦也擦不干。其实，那歌很普通，就是那首到处流行的《小草》。当她的歌声响起时，我眼前出现了我刚上幼儿园的女儿，她倚在床边为我学唱老师刚刚教会的歌：没有花香，没有树高，我是一棵无人知道的小草……她灵动的双眸，稚拙的歌声，每一下都扣动我的心弦，叫我怎能不想她？不落泪？

这时候，我才知道了离情有多么大的魔力。再回味杜甫"感时花溅泪，恨别鸟惊心"的那诗，突然觉得真是神来之笔，写绝了人间离情。我们尚在平安的环境，就如此盼望家中的信件，而杜甫生逢乱世，怎么能不"烽火连三月，家书抵万金"呢？

如今，离情的折磨对我来说，早成了往事，可是，我怎么也难以忘记那刻骨铭心的记忆。想起往事，我就想起那些远离家乡的农民工，你们远离父母兄弟，远离妻子儿女，哪个人不背负着一腔离情呢？你们能和亲人常联系吗？没有手机就用公用电话说说家常话吧，哪怕几句！

赏 析

当春天到来的时候，缤纷的海棠、雍容的牡丹会令人惊艳，而路边草丛中的小花也同样向天地万物展现出自己特有的一种美。文章也是如此。大的题材、大的篇幅可以跌宕起伏、波澜壮阔，生活中的一点小小感动、瞬间的灵光一现也同样可以写成文章。

本文选了一件生活中的小事：外出学习时有一次听到歌曲《小草》，由此想起自己的父母妻儿，想起刚上幼儿园的女儿唱歌时的样子，禁不住潸然泪下，同时对杜甫的"感时花溅泪，恨别鸟惊心"有了深悟。如今想起当时的情形，把它记录下来，再联想到现在很多远在他乡的游子，想想他们和家里人一定也深深地互相思念着对方，忍不住对他们说："你们能和亲人常联系吗？没有手机就用公用电话说说家常话吧，哪怕几句！"

生活中的小事情、小体会同样可以引起很多人的共鸣，把它写下来，就是好文章。

（沈秀娥）

乡情最纯净

乡情是感情世界里最无杂质的一块净土。

如果将感情比作土地,这土地自有本身的特质。它一刻也不能空缺,只要落几滴雨,就可以长出新的情丝。所以,在诸多情感中少不了新旧交替,少不了移瓜接木。唯一风吹不动、雨打不摇的就是乡情了。乡情的净土上没有旁逸斜出,没有荒草野蒿,明净着无尘的诗行:

举头望明月,低头思故乡,是李白的乡情。

露从今夜白,月是故乡明,是杜甫的乡情。

一枝何足贵,怜是故园春,是张九龄的乡情。

若为化得身千亿,散上峰头望故乡,是柳宗元的乡情。

在万千乡情的诗行中,我最钟爱的是柳宗元的此句。此句前面是:海畔尖山似剑芒,秋来处处割愁肠。这位诗文巨擘以山作剑,裁割得愁肠寸断,他不觉疼,不知恨,却要化为千亿个身肢,登上峰头观望故乡,多么深邃浩渺的乡情呀!我钟爱此诗,不仅因为他表达了柳宗元的乡情,还表达了我爷爷的乡情。

那一年,坐飞机,乘火车,连日奔波,年近八旬的爷爷从海峡彼岸的台湾回到了临汾。怕他疲累,父亲在城里安排了住处,让他稍做歇息再回乡下。而且,此晚城里有蒲剧名角演出,爷爷又是个蒲剧迷,那年初次在香港会面,他整天待在宾馆听录音,听得如痴如醉。这样的安排两全其美,最好不过了!

哪里料到,爷爷听了,立即否决了,要马上回村去。父亲说到看戏的事，他说那年在香港迷戏，是因为那是乡音，回不到家乡，只好以乡音安慰自己。如今到了家门口，为什么还要望梅止渴呢？

爷爷风风火火赶回村里，走进了"儿童相见不相识，笑问客从何处来"的境界。一连数日，他东家进，西家出，把家乡看了个透，看了个够，仍然觉得不尽兴，因为不仅长辈早逝了，就连自己儿时的伙伴也所剩无几了。他不无遗憾地写下：

房前白杨临厦脊，我家原在村子西。
归来不似离去时，沧海桑田故人稀。

这浅白的语句虽然无法和诗人的大作相比，却也表达了他无限的乡情。

赏析

本文素材范围比较广泛。单引用的诗歌就涉及李白、杜甫、柳宗元、张九龄等几位诗人，同时还对柳宗元的诗歌做了简单评析。主体部分写爷爷，也写了好几个片段：家人的安排、爷爷对待蒲剧态度的转变及原因、爷爷回到村里的表现、爷爷的诗作……文章虽短，素材却很丰富。

素材众多，却不松散，为什么？因为所有素材都围绕着一个中心、一个线索——乡情。乡情将看似零散的素材，串联成了完整不可分割的一个整体，阅读文章时非常流畅，读者的情感也随之跃动。

写文章尽可以思接千载，视通万里，但一定要万宗归一，在主题统领下各个板块浑然一体。

（沈秀娥）

用好你的同情心

写下同情，善良就跟着来了，它们是形影不离的人间美德。

如果说同情是动机，那么善良就是行为；如果说同情是乐曲，那么善良就是舞蹈；如果说同情是花朵，那么善良就是果实。

正是缘于有了同情，有了善良，人间才能普照文明的华光，瓜瓞绵绵，延续至今。

同情和善良是人性之光的交相辉映。

然而，大千世界，无奇不有。有光明，就有黑暗；有善良，就有恶毒。富有同情心的人时常遭遇到恶毒的残害。这不，顺手拿起一张报纸就看到个白鹤的故事。白鹤十分善良，乐于助人，正飞往南方过冬，却发觉有只羚羊躺在地上不停地挣扎。白鹤飞不动了，见羚羊痛苦，她非常难受，同情心主宰了自己。落下来一看，原来羚羊的一只蹄子上扎了枚钉子，无论他怎么挣扎也甩不出来。白鹤张开尖喙，对准钉子，往外猛啄。一下不行，两下；两下不行，三下……尖喙磕疼了，快要出血了，终于把那枚钉子拔出来了。

白鹤高兴，羚羊更高兴。羚羊对白鹤充满了感激，就领她前行数步，来到一个水洼，那里有好多的鱼虾。白鹤刚要吃，想到天上飞行的伙伴，就把她们唤来，一起吃了个饱。她们告别羚羊，忽闪翅膀飞上了高空。

飞了没多会儿，白鹤不飞了。她看见地上卧着头愁眉苦脸的狮子，就要帮他。伙伴们说，狮子不是羚羊，可凶恶呢！白鹤不听，落到狮子前面。可怜狮子这么个庞然大物，却被卡在喉咙的一节骨头折磨得痛苦不堪。白鹤立即伸长脖子去啄那骨头，猛一用劲，那骨头啄掉了。她真高兴，狮子像羚羊一样解救了。可是，没容她高兴出声，脖子就被狮子咬断了，她成了狮子的美餐。

善良的白鹤，因为拯救恶魔而丢了性命。这便是尘世，复杂的尘世，许多时候播种同情，收获的却是恶果。这个道理，我们的祖先不知讲过多少回了，我熟读成诵的故事《东郭先生和狼》《农夫和蛇》，都在告诫世人，绝不要同情狼和蛇那般的恶人。

只是，初来乍到，怎么判断恶人、好人，难道因为分辨不清，就吃个秤砣铁了心，当个麻木不仁的人？当然不行。还是那句老话说得好：害人之心不可有，防人之心不可无。就让我们用此言守住自己的同情心，当个善良的人吧！

赏析

本文借用白鹤两次施救导致两次截然不同结果的故事，告诉我们同情心和善良是每个人应该具备的，但在具体施用时必须注意，不可以用错对象，否则会适得其反，甚至引起更严重的后果。

这是一个现代寓言。

寓言是用比喻性的故事来寄托意味深长的道理，给人以启示的文学体裁，字数不多，但言简意赅。故事的主人公可以是人，也可以是拟人化的动植物或其他事物，最早见于《庄子》，在春秋战国时代兴起。

生活中也有很多较为抽象的道理，借助我国古代寓言的方式，通过篇幅短小的故事可以化抽象为具体，将原本深奥、隐晦的生活哲理讲得生动形象，通俗易懂，写出来也是很好的文章。

（沈秀娥）

感情这个万花筒

妻抱回一只小猫，见我脸阴阴的，说，只养三天。

我的脸阴是怕亏待了小猫。一家人向来身忙，各有公干，就我闲些，还有读不完的书，写不完的稿，自然无闲心侍弄宠物。可是，既然抱回家来，或小猫、或小狗都是生命，慢待了总有说不出的歉疚。

妻守信诺，三日后果然抱走小猫，走时我的脸又阴阴的。

这一回的阴不同那日了，是和小猫有了感情。这猫小得娇巧，满月也未必过得了，却乖巧妩媚得很。进门来就和你套近乎，你前行，她后跟，你不走了，她伸出前爪挠挠你的裤角，表示她的亲昵。你冲她笑笑，她高兴得蹦蹦跳跳，灵性得如同个花枝招展的小姑娘。于是，尽管忙，时不时也弯下腰和她逗逗趣。这样下去，不知小猫要耗去我多少时光。无疑准时送走她是妻的果断之举。然而，我不由得忧郁，脸也就阴了。

看来，感情这东西真有无法说清的魔力。

送走小猫，低头沉思，突然领悟了一点事理。从报上看到，某地煤矿事故频发，而且隐瞒不报，被上级知晓，一下摘了那个地方官头上的纱帽。这草菅人命的祸害被铲除，无疑是件大快人心的事情。可是，居然有三两个人跑到上级机关为之鸣屈叫冤。好在报纸披露了其背后的原委，这个地方官为这三两个人办过事，或安排子女，或升迁职务。人非草木，岂能无情？这几个人对地方官有了感情，于是就为之鸣不平。

感情是个万花筒，在这里迷乱了是非界限。

进而一想，感情的迷失往往是为别的好处所陶醉，尤其是热恋中的男女。对方施一点恩惠，说几句蜜语，或者摆弄一下先人花前月下的诗句，就让自己如坠云雾，酒不醉人人自醉了。甚而，将一切道德视为羁绊，冲破禁锢，光荣献身。此时，自己还觉得好正义，好豪爽，酷得不能再酷了。可惜，美梦往往不长，始乱之，也就免不了终弃之。人，只有在品尝苦果的时候，头脑方才清醒。这才明白，人生不能任由感情左右，跟着感觉走是不行的，还要有点理念，道义的、法律的，都不可少。

赏 析

通过我和一只小猫短短三天的相处，引发的情感变化，联想到人在情感中往往容易"迷乱了是非界限"，再分析产生这种情况的原因是"感情的迷失往往是为别的好处所陶醉"。最后得出结论"人生不能任由感情左右，跟着感觉走是不行的，还要有点理念，道义的、法律的，都不可少"。文章从生活入笔，向精神层面演进，不露声色，却说明了要表达的意思。我们不妨借鉴一下该文朴实无华、自然流畅的手法。

（沈秀娥）

炊烟里的乡愁

炊烟时不时就会在文学艺术的领地飘游萦绕。在画家笔下，她是乡村生活宁静、悠闲的素描；在作家笔下，她是柴火、煤炭燃烧出的灵魂；在音乐家的旋律中，她是农人游荡的梦幻。我喜欢欣赏他们创造的意境，却难以贴近他们的心灵。对炊烟的评判，似乎可以划分出俗与雅的界限。无疑，我在的那一端是凡俗的生存家园，而不是高雅的精神天宇。

从我出生起，炊烟就在我身下的河道流过。恕我这样说话，弄得人不知所云。童年的我就是这样的思维。我不以为身下躺的是大炕，炊烟在炕道里爬过，爬到烟囱里才直立起来旋舞着上升，总觉得大炕里是一条条小河，炊烟就是那当中的股股清流。这感觉是从家乡的田野里来的，那儿有无数条小河，有无数道清流。伸出手去抓炊烟与抓清流是一样样的结果，无论使多大的劲，手中却什么也没有留下。我把对清流的感觉带回家里，移嫁给炊烟，就有了那令人困惑的说法。

我的日子和炊烟一同生长。那时候我还不明白多少道理，不懂得妈妈为什么常念叨"人嘴炉嘴是填不满的坑"。只知道没有柴火生不着火，做不熟饭。六七岁起，我每日手里拿一条草绳下地拾柴。拾柴的不是我一个人，比我大、比我小的孩子都肩负这样的使命。柴不难拾，河沟里、田垄上，到处弃扔着玉茭杆。拾起来，敲掉土，用草绳一捆，背回去就能烧火。乡邻们都说，孩子不吃十年闲饭。就是说，农家子弟很小就开始为家里的事情奔波。如果把这看成是挑起家庭的担子，那我人生的第一担就是往回拾柴。

　　那时候做饭还有一个难点，没有火柴。火柴靠供应，一家几盒都有定数，往往用不到日子已经没有了，这往后做饭就需借火。借火不是借人家的火柴，谁家的火柴也不富裕，不会慷慨赐予你。借火是去人家的炉子里点着火，引回去。到谁家去借？不用费心思，炊烟会告诉该去哪里。站在路上，看谁家的烟筒冒出青烟，那就是已经生着火，那就是借火的施主。通常借火是拿两三个玉茭皮，先点一个，待快着完再点上另一个。借上火走路要讲技巧，不能快，快了火苗容易被风吹灭；不能慢，慢了还没到家手上的玉茭皮就会燃完。借火的老手一般都是退着走，用身体挡住风，护住火苗，快步回家。那老手其实不老，借火的事没有一个大人去干，都是孩童。孩童就在一次次的熄灭、点燃里，变得猴精猴精。我常想，当今传递那奥运圣火就光亮这乡下孩童的智慧和精神。

　　这么点燃炊烟真不是一件容易的事，可还有比这更困难的。"文化大革命"开始的那年，我们串联步行经过秦岭。走进深山密林的一个农家，只见男人正在敲打着什么，一手拿个铁器，一手抓块石头。问是干啥，回答是点火做饭。下地回来得太迟，火塘里的火熄灭了。就这么点火呀！我仿佛一下瞭望到五千年前的风景。真感谢我们先祖的不凡，他们用这星星之火点燃了一个崭新的时代，茹毛饮血的日子过去了，煮烤熟食的时光来临了。我分明看到打猎回来的先祖，支起树干，放好野兽，敲出火星，燃起火焰，烤出香喷喷的生活。

　　炊烟，让人类跨进咀嚼滋味的岁月。

　　可惜，一晃间炊烟如同茹毛饮血一般就要沦为过去。现今，不要说城市里人不见炊烟做饭，即使乡村也有使用液化气的。这又是一次升华，是粗粝的时光跨进精细的岁月，人们的幸福生活不再是吃饱吃好，吃出味道，是在这一切过程中，还要简单便捷，品尝先人没有经历过的舒适和清闲。

这样的岁月，需要的东西可能会很多很多，唯一不再需要的就是炊烟。

炊烟远去了，可总有一缕时不时缭绕在我的乡愁里。

赏析

本文以炊烟为线索，串联起往日生活的一些片段，抒发出淡淡的乡愁。写法很有特点，多用长句，善用词语。长句便于贯通语意，很适合用于抒发缠绵悱恻的情感。加上精致的词语，使得整篇文章笼罩在淡雅的忧伤之中。

比如文学作品中经常出现炊烟，作者写"炊烟时不时就会在文学艺术的领地飘游萦绕"；炊烟从火炕中穿过，作者写"炊烟就在我身下的河道流过"，"总觉得大炕里是一条条小河，炊烟就是那当中的股股清流"；"伸出手去抓炊烟与抓清流是一样样的结果"。还有类似的句子："我仿佛一下瞭望到五千年前的风景。真感谢我们先祖的不凡，他们用这星星之火点燃了一个崭新的时代""这又是一次升华，是粗粝的时光跨进精细的岁月"等等。

写文章需要掌握的要素很多，结构、修辞、句式，缺一不可。如何才能写出好文章？说来简单，就是选择最适合的样式。如此看来，《炊烟里的乡愁》就是这样一篇范文。

（沈秀娥）

皂荚树

我家有把斧子，锋利无比，左邻右舍都说好使，经常借去劈柴砍树。可我总对那把斧子耿耿于怀，以至于有些不待见。说起来是因为那棵皂荚树。

皂荚树是在我家老院自己冒出的。皂荚树可以结皂荚，皂荚可以洗衣服。那会儿，乡下还没有肥皂、洗衣粉，大家洗衣服都是从集上买皂荚。没钱买的，就用水泡一碗米糠，泡涨了撒在衣服上，用棒槌捣，用胳膊揉。自家院里猛地长出一株皂荚树，实在可喜。

——我盼小树快长！

小树长得不慢，只两年，就比我还高。吹过两度春风，树梢挨着房檐了。皂角树大了，该开花了！

来年春里，我希望的目光在树上扫了又扫，眼巴巴想扫出几朵花来。扫来扫去，春光已尽，夏热渐浓，树上还是没有一朵小花。

——我盼来年！

来年复来年，皂荚树却一直没有开花。我失望了，却又不甘失望。每度春色再现，总少不了朝树梢翘望。

这年秋天，老舅来了。往当院一站，一眼瞅住了这不挂皂荚的树木。这树也确实显眼了，树干碗口粗了，树梢早窜过了那长了十多年的枣树。老舅对着皂荚树怨叹："这么棵宝贝树，怎么让它闲着！"

我不懂老舅的话，好奇地问："它不结皂荚，有什么法子？"

老舅头一弯，不满地说："怎么没法子？整治一下就会结的！"

我眼中立刻闪出了喜气,急切地说:"老舅,就请你治治吧!"

老舅没说什么,跨进屋里,取出了我家那把锋利的斧子,挽挽袖子,挨近皂荚树。飕地一下抡起斧头,砍在树干上。树梢一抖,落叶飘飘,树干上的斧痕里转眼渗出了水汁。我浑身一颤,那亮亮的水汁竟在我的眼中洇成一团血红。我感到了树的疼痛!我听到了树的哭泣!没待第二斧砍下去,我抓住了老舅手中的胳膊,说:"别砍了!"

老舅回转头来,眼射凶光,吼着把我甩出好远:"你懂个屁!"

我跌在地上,好久没有爬起来。树梢在头上摇摇晃晃,绿叶在我身边片片跌落,我的哭声和树干的破裂声响在一起。

我爬起来时,老舅住手了。皂荚树干被利斧砍得鳞伤斑斑,水汁滴滴。我疼爱地抚着树干,恨透了那张喷射凶光的脸,一脚把斧子踢出好远!

冬日深了,皂荚树的伤口虽然弥合了,却斑痕累累,再也没有昔日那么光洁了。

老舅病了。奶奶领家里人去看望,我不去,我不愿意见那挥动利斧的老头。奶奶是哭回来的,老舅已离开了人世。

来年春天,皂荚树却出奇地开了花。花开得又密又繁,结下好多的皂荚。我呆在树下久久地痴望,花花点点的眼中透进了那利斧砍下的累累伤痕,头脑中迷惘一团。

赏 析

在主题的呈现上,本文使用了"留白"的手法。留白是我国传统艺术的重要表现手法,就是在作品中留下相应的空白,以无胜有,给人留下想象的余地。正所谓"此时无声胜有声"。

本文写的是皂荚树的故事。院子里的皂荚树一年一年地长大,却一直没有结果实，老舅用斧头将皂荚树砍得伤痕累累，"来年春天，皂荚树却出奇地开了花。花开得又密又繁，结下好多的皂荚"。这多像我们的人生，很多时候，苦难和挫折可以促使人很快地成长起来。做了这样的铺垫之后，文章的主题似乎像一道试题的答案，已经呼之欲出了，但是没有，作者写的却是："我呆在树下久久地痴望，花花点点的眼中透进了那利斧砍下的累累伤痕，头脑中迷惘一团。"文章至此戛然结尾，余下的部分，让我们去想象，去感悟，去思考其中蕴含的哲理。

这就是留白的好处，言有尽而意无穷，让文章更加意味深长。

（沈秀娥）

青青河边柳

我们村边有条母子河。母子河边长满了柳树。

家乡的春色最先从柳树上绽露。垂落的枝条刚刚变柔,枝条上就爬满了一个个翘着翅膀的黄蜂,柳树吐芽了。

发了芽的柳条,水盛皮嫩,折一枝,轻轻一拧,嫩皮和里面的骨杆就完全分离了。轻轻把骨杆抽出来,嫩皮空空的,成了小小巧巧的笛子。用指甲在一头上往薄的刮刮,轻轻吹口气,一阵亮脆的声响便从皮管发出来。四野里沉闷了整整一冬天的静寂被这一声脆响惊破了,黄鹂挂上了柳枝,燕子穿刺在长空,草芽间的小虫也鸣叫着,引逗得青蛙也关不住嘴巴,咯咯咯地唱响了。

柳笛唤起遍地春歌!

我和我的小伙伴便是这春歌的弹拨者。

歌声渐淡,夏日却烈了许多。只要身上一冒汗,母子河就成了我们的天然游泳池。一个个脱得光溜溜的孩童,在水里蹦呀跳呀,扑扑腾腾,弄得河水一直从初夏沸热到仲秋。上学前,我是一忽儿也离不开河水的。

在水里泡的时间长了,身上发凉,牙关敲敲打打,浑身生出一层鸡皮疙瘩。老人们说,再不上岸就会"放牛"。放牛是一种病,身上热一阵,冷一阵,属于伤寒一类。我们不愿上岸,又怕放牛,就胡生点子。不知哪个智多星的点子得到了响应,我们爬上岸去,顺河边的小路猛跑,说是"撵牛",一口气要跑得身上流汗,才算是撵上牛了。

我们把河边的柳条挽在手里,拴成一个圆圈,牛就拴住了。拴住了,当然不用我们放牛了。于是,我们又毫无顾虑地扑入水里,母子河又被我们搅得水沸浪卷。

河边的柳树渐渐长大了,我们也没了儿时的福分,再也不能光溜溜地大闹母子河了。

河边的柳树换了一茬又一茬,而我依旧对柳树一往情深。

赏析

作者说他是在写"客体散文",就是根据写作对象的不同,选取与之相适应的文风。如傅书华教授所言:所谓客体散文,就是让作品的魂、神、气、形、体,贴近大千世界中写作的对象,并因为对象不同,写出不同的作品。本文写儿时的"我"和一群小伙伴玩耍嬉戏的片段,是一篇充满童趣的散文,清新、明快的语言,对应活泼可爱的童年,真是天衣无缝。

大量使用短句强化了本文的风格。如"发了芽的柳条,水盛皮嫩,折一枝,轻轻一拧";再如"轻轻把骨杆抽出来,嫩皮空空的,成了小小巧巧的笛子";又如"在水里泡的时间长了,身上发凉,牙关敲敲打打,浑身生出一层鸡皮疙瘩"等等,句子简短,语意明晰。

多用拟人手法贴近了儿童思维。如"四野里沉闷了整整一冬天的静寂被这一声脆响惊破了",又如"黄鹂挂上了柳枝,燕子穿刺在长空,草芽间的小虫也鸣叫着,引逗得青蛙也关不住嘴巴,咯咯咯地唱响了"等等。

如此,笔下的文句恰似一群欢呼雀跃的孩子。

(沈秀娥)

一把镰刀

奶奶不止一次地说过，要是那天不借给长胜镰刀就好了。每次说完还禁不住要叹一口气。

我就是从那叹气声中捕捉到故事的。

长胜来借镰刀是去拾柴。那时节拾柴已是个难事了。天寒了，河沟里的玉米秆早被各家自己捡回去了。他拿着镰刀到了地里就没有准备捡柴，而是来割蒿草、砍刺稞。别人家捡柴是取暖，顶大也就是再捎带着烧火做饭。长胜拾柴用处就大了，他是逃荒来的，没有地种，住在破庙里，拾柴是要做豆腐，做豆腐是为了养家糊口啊！

他来借镰刀奶奶怎能不给呢？奶奶的助人方式是宁在穷时借一口，不在富时给一斗。借给他镰刀，是为了帮扶，反正一冬天自家也不用，就说，你用吧，天暖了再还。

那是一把䦆镰。我们那儿的镰刀一般分两种，一种是钉把镰，镰刀是一个很薄的铁片，有刃的一面更薄。镰把很长，那薄薄的铁片钉在木头把上就成了。这种钉把镰因为把儿长，适宜于割麦子。也因为只割麦子，麦子杆很脆，很好割，镰刀刃就薄。另一种是䦆镰。䦆镰则不同了，把儿短，镰刀却很厚，刀弯处有个圆洞，大概就是那个洞称作䦆吧，木把穿进䦆中就能拾柴砍树枝。我家的䦆镰刀坚把儿硬，是众人公认的好镰刀。使唤这样的镰刀当然要出活得多，不用说长胜老汉借到镰刀肯定很高兴。

人一高兴就容易犯糊涂，要不长胜怎么会去柳家坟上去杀刺？柳家祖坟刺多，没多时他就杀了一大堆，挑起要走，却走不脱了。来了一个汉子把他拦住了。别看这个汉子没有他高，也没有他壮，他却怯怯的。这坟就是汉子家的，人称柳哥。柳哥瞪他一眼，说："这坟里的刺怎么敢动呢？"

长胜不语，柳哥又说："不把风脉杀坏了？"

长胜明白了，连忙说："不敢了，再不来了。"

柳哥却更气了，气哼哼地说："说得轻巧，已经杀坏了，不来就算了？！"

说着夺过长胜手里的木棍就往他身上打，打得长胜乱喊乱叫。有人看见了，就来劝挡。柳哥火气正盛，别人好说歹说气也难消了。好在八爷来了，他在村里年迈德高，人人都敬让他。他对柳哥说："杀人有个头落地，你说个了法。"

柳哥说："让他摆桌酒席补风脉。"

长胜应承，可穷得没钱。此时，柳哥通了情理，说没钱他可以先垫上，反正酒席必须摆。

酒席摆了，长胜按照柳哥的主意穿白戴孝，作揖磕头，连声谢罪。

纠纷到此总算了结了，可故事没完，关键在于长胜为摆酒席塌下的那饥荒如何去还。靠卖豆腐吗？那猴年马月也还不完。柳哥就是点子多，干脆让长胜到他家打工挣钱。说是挣钱，可不给钱，钱就抵了债。长胜还有老婆孩子要吃饭呀，接下来柳哥显得很开通，老婆孩子也过来吃饭。长胜哪有不情愿的？一家人就这么进了柳家。

我听着奶奶的故事说，那好啊，长胜家不都有了吃的？

奶奶笑着说，饭哪有白吃的？吃了就得干活啊！又说，要是不借给他镰刀就好了。

就这么，长胜一家都成了柳哥家的长工。他下地干活，儿子放羊拾柴，老婆洗衣、做饭。

日子平静地过着。可是，平静了些日子柳家出了事端。夜里突然烧起来一把火，烧光了宅子，烧死了槽头的骡子。长胜在火堆里进进出出，先拉出了柳哥，又拖出了他老婆，连头发都烧焦了。柳哥流着泪地感激长胜，可看着好端端一个家业就这么败了，一口长气没出来，便栽了后去，没再起来。柳家散了架，柳哥的老婆回了娘家，没多时就后嫁了。

故事如果到此结束也像乡村人说的一样，遭了报应。然而，没过多久，长胜也病了，恹卧在炕上下不来。过去长胜借过镰刀，还镰刀常会捎来一捆柴。奶奶念及他的仁义便去探他。他倚在炕角有气无力地说："不该去借你家的镰刀，都是镰刀跌下的孽。"

奶奶愣了。只听长胜唉声叹气地又说："老嫂子，我作孽了，火是我放的……"

奶奶惊呆了，她不知说啥为好，安慰几句退了出来。没几日，长胜就死了。

赏 析

这是一篇叙事散文。表面上看似讲述一个客观的故事，实则作者的价值导向始终渗透在故事里面。

这种导向首先表现在材料的取舍上。文章讲述的是一把镰刀引发的一个悲剧故事。因而一切材料均围绕悲剧发生的起因、经过、结果来选取：长胜得罪柳哥、长胜赔罪、入柳家干活抵债、柳家被烧一败涂地、长胜病死等。这样处理，明确表达了作者对柳哥的谴责与对长胜的同情。值得关注的是文章最后，长胜病重，奶奶感叹，这两个情节的加入恰到好处地展现作者的观点：这场人为的悲剧中，没有获胜者。这样的结局，令人唏嘘。人在生活中难免会遇到各种各样的不如意，怎么处理？怎么应对？对这些问题的思考便是这篇文章的价值所在。

  详略关系的处理是表现作者价值取向的重要手法。长胜的处境——逃荒、没地、卖豆腐糊口等都予以交代，而柳哥的家庭情况则一笔带过；坟头上的对话细细写过，赔酒道歉的细节略过。柳哥豪横，长胜温顺的形象展现得淋漓尽致……这些处理，为下一阶段的悲剧的高潮部分——柳家被烧做好铺垫，也引导读者思考隐藏在故事背后的悲剧原因。在柳家被烧一节中，详细交代了大火给柳家造成的损失"烧光了宅子，烧死了槽头的骡子"，还写了长胜救火的细节"连头发都烧焦了"。这些细节再一次引发读者思考：老实善良的长胜何以会走上这样一条路？

  文章不长，提供给读者的思考却意味深长。

（沈秀娥）

孵小鸭

我家紧靠村边。村边有一条小河。小河里有鱼有虾。鱼虾是鸭子的好吃食。于是奶奶决定：养鸭子。

这决定深得我的拥护。且莫说鸭子能生蛋。鸭蛋能吃，也能卖钱。仅就鸭子们那摇摇摆摆的样儿，我就极喜欢。何况，鸭子小的时候，那黄茸茸的毛、滴溜溜的眼、扁长长的嘴，更是讨人十二分的喜爱。我盼望早一点买回鸭子，好逗着它们玩儿。

然而，一连好几天过去了，没有卖鸭子的来，我真有点儿焦急，问奶奶买不到鸭子怎么办。

奶奶说，让咱家的老母鸡孵。

我愣住了，只见过鸡孵鸡，没听说鸡孵鸭呀！

我更纳闷了，真能行？

奶奶肯定地说，行！鸡孵鸡二十一，鸡孵鸭二十八，不过多几天么。

凑巧一只白母鸡蹲窝了。奶奶买些鸭蛋放进盔子，白母鸡就老老实实卧到上头。两只翅膀微微展开，把鸭蛋盖了个严实。

从此，盔子就成了白母鸡的工作岗位。白母鸡非常忠于职守，废寝忘食，不吃也不喝，每天奶奶拌好食，抱她出来，她匆忙吃上几口，就又钻进盔子里。她安详沉稳地蹲着，一动也不动，像在思谋和憧憬着什么。我想她可能已想象到，蛋壳被尖尖的小嘴啄破，小生灵一个个钻出来，她儿女成群了，如将军一样带着它们，到处游转，好不威风！

这么一想，我倒有些不安了。真到那一天，当小鸭一个个爬出来时，母鸡该会多么失望和懊丧。我们不该欺骗老母鸡。

日子在我的不安中过去了。有一天白母鸡果然发现，那些蛋壳里爬出来的不是她朝思暮想的儿女，而是一伙儿丑陋的异类。她先是惊疑，继而暴怒了。她怒发冲冠，张开翅膀，扑进盔子里，就要往死啄这些怪物。好在我早有准备，连忙把她抱走了。

抱了很远才扔下，然而，我刚回来，白母鸡也追回来了。围着盔子里的小鸭发出愤怒的鼓噪，不断进击，让人防不胜防。无奈，一狠心，我把白母鸡堵在窝里，关她的禁闭，以图使之醒悟，再不要与小鸭为敌。

可是，白母鸡不思改悔。一放出窝，她便又围着盔子转圈，小鸭子蜷缩在里面不敢探头。围久了，小鸭们以为她走了，有只站起刚向外张望，就被她的尖喙啄死了。

看着死去的小鸭，我也火了。追上去，狠狠一脚，将白母鸡踢出很远。白母鸡怏怏地走了。可是，不多一会儿，又凶凶地踅回到盔子边来。

白母鸡时刻威胁着小鸭子。我和奶奶真有些不安。正思谋如何处理这棘手的难题，姑姑生了孩子下奶要喝鸡汤。于是奶奶决定，把白母鸡抱走熬汤算了。

白母鸡死了，小鸭跳出盔子能够自由自在地游走了，可是，我一见它们就会想起这盔子里孵化的悲剧。

赏 析

悬念的巧妙设置是这个小故事吸引读者忍不住一步一步读下去重要的原因之一。文章总共设置了四个悬念，悬念之间因果承袭，环环相扣：

文章开门见山，抛出第一个悬念：想养鸭子。接着用一段来写养鸭子的好处：一是鸭蛋能吃能卖钱，二是我非常喜欢鸭子，但这个时候事情突然转折，"一连几天，卖鸭子的没来"，只能用母鸡来孵小鸭。这就自然过渡到第二个悬念："母鸡会孵小鸭吗"？我们和作者一同盼望结果，但随着故事的发展，问题似乎又有答案了，母鸡表现得非常称职，小鸭的孵化应该很快就有结果了，但第三个悬念又出现了，如果老母鸡发现自己辛辛苦苦孵化出来的不是小鸡，会怎么样？等这个问题结果明朗后，第四个悬念自然出来，怎么解决老母鸡不断啄死小鸭子的问题？第四个问题的解决似乎很简单，"姑姑生孩子需要喝鸡汤，老母鸡便被抱走熬汤了"，这个结果为所有的问题画上了句号。关于养鸭子的问题至此似乎得到了全部解决，但这样的结果有总是有很多说不上来的纠结。文章的主题也就在纠结里得到了升华，世事不是黑白分明的，是混沌不清的。

（沈秀娥）

第四辑 穿越沧桑任驰骋

短笛无腔信口吹

穿越,一个充满神奇想象的词语。

穿越山脉,穿越荒漠,穿越瀚海……

最美妙的莫过于穿越时空,在历史的高端俯瞰尘寰。

世事的沧桑之变里,有无数睿智的珠宝任你捡拾啊!

捡拾起那些珠宝,你就会成为一个思想的健儿,天开地阔任驰骋。

鼓 人

鼓人，生在鼓村，长在鼓村，三岁看鼓，四岁玩鼓，五岁就磕磕打打地敲鼓，却打不成个歌儿。到十五六岁架得起鼓，就背鼓、打鼓，把喜怒哀乐都交给那面牛皮鼓了！

鼓村，前面是黄土，后面是黄土，高处是黄土山，低处是黄土沟。沟沟里面有条河，河里也流着黄土、黄泥、黄沙，名副其实的黄河。鼓村的风大，冬天里西北风一来，叫得那个响呀，聋子也睡不着觉！鼓村的雨猛，夏日里那暴雨还未到，就闪电、鸣雷，把个山村吓得鸡飞狗跳，突然雨就到了，不是淅淅沥沥，不是飘飘洒洒，而是盆泼，桶倒，有人大喊不得了，天河决口子了！鼓村的水狂，那平日安安顺顺的黄河要是闹腾起来，真是山崩地裂，翻江倒海，你面对面地喊话，鬼才能听见你说些啥！去过的人都说，鬼地方！

鬼地方的鼓村人，却倔倔地活着，生活了一辈又一辈。

一辈又一辈的鼓村人，生在土里，长在土中，土村、土院、土墙、土门、土窗、土屋、土炕，连厕屎都是挖下的土圪窝。鼓村人恋土，爱土，也想改土，做梦都想把那土种绿，把那山铺青，把那水澄净，还有的痴心要把翻脸不认爹娘的西北风堵死！

鼓村人不善说，不会道，有了事就擂鼓。逢年，擂鼓；过节，擂鼓；娶媳妇迎亲，擂鼓；发丧埋人，也擂鼓！鼓擂得比风大，比雨猛，比雷响，比水狂，一槌下去就是一声炸雷，一个霹雳，一排巨浪，一阵狂飙。风刮了多少代，雨下了多少代，水流了多少代，鼓村的鼓就擂了多少代!

有人说,那鼓中有鼓村人对穷山恶水的怨愤。鼓村人不语,只管擂!

有人说,那鼓中有鼓村人改天换地的激情,鼓村人不语,只管擂!

擂,擂,擂!擂得日月旋,擂得乾坤转,一下擂进了十一届亚运会。那世世代代守着土窝窝的小伙子、大姑娘露了脸,显了眼。

鼓,被称作威风锣鼓!

人,被唤成威风村人!

威风锣鼓成了热门,威风村人成了红人。小伙子、大姑娘背起锣鼓家伙赶汽车、坐火车,下广东,去深圳。鼓擂得震天响,眼看得乱花坠,头转得四面晕,再回到鼓村一看,丑死了,我的祖爷爷!看村,村子破;看路,路坎坷;看屋,屋不净;看炕,炕太硬;连屙屎蹲圪窝也觉得不美气,兜里擂鼓挣得那俩钱往外一甩,修路,盖房,拆了旧炕换新床……闹腾得爹们娘们打鸡撵狗地难顺心。

还有出奇的,擂完鼓,走东串西,招神惹鬼,引着长头发、短裤子进了村,又是挖矿,又是办厂,机器响了,汽车来了。运出去的是土产,拉回来的是银钱。鼓村人包圆了,腰粗了,人也活得滋润了,吃的、穿的、用的和城里一个样了。打过鸡、撵过狗的爹们娘们鼻子不喜,眼窝喜,活得心里也顺溜了!

鼓村人,还那么爱鼓。逢年,擂鼓;过节,擂鼓。在村擂鼓取乐,出外擂鼓挣钱。擂,擂,擂,据说要擂进奥运会的开幕式!

赏析

与文章充沛的感情、磅礴的气势相适应,本文选用了简洁有力的短句,如"鼓人,生在鼓村,长在鼓村,三岁看鼓,四岁玩鼓,五岁就磕磕打打地敲鼓",还有"又是挖矿,又是办厂,机器响了,汽车来了",再有"鼓村人,恋土,爱土,也想改土"等等,铿锵有力,强调了鼓村人心中坚守的信念,表明鼓村人憋着一股劲,要在改革开放的新时代展示自我的价值。

  排比、反复、夸张、对偶、拟人等多种修辞手法的灵活运用,是本文的另一特色。文章第二段写鼓村人的生活环境,将鼓村的风大、鼓村的雨猛、鼓村的水狂三者之间形成排比,而鼓村的风大到"聋子也睡不着觉",鼓村的雨猛到"像天河决口"则是夸张,两种手法交替使用,形成一种强大的气场,展现了鼓村人恶劣的生存环境,为下文表现鼓村人顽强的生命力和不屈不挠的斗志做好铺垫。其余如夸张、对偶、反复、拟人等各种手法在文中也多次使用,再加上"偏偏地、娶媳妇、土窝窝、锣鼓家伙、打鸡撵狗……"等大量极接地气词语,把鼓村人写活了,非常富有乡土气息和时代气息。

(沈秀娥)

笛声化作民族魂

如果不是诞生过个名人,谁也很难记住昆明甬道街上的这座院落。论规模,论精美,都称不上拔萃,还普通得有点平庸。可是,我偏偏记住了,因为这里走出一个用旋律怒吼出中华民族心声的人——聂耳。

古人云,人过留名,雁过留声。聂耳不只留下了名,还留下了声,而且,那名誉还是由声音传扬开去的。甬道街边的聂耳故居非常一般,也就是三间土木结构的房屋,好在是座两层楼。严格讲,这不是聂家的祖业,是房东杨家的房产。光绪二十八年,即公元1902年,聂耳的父亲聂鸿仪从玉溪来到昆明行医,租用此房开了个中药铺"成春堂"。十年后的春日,聂耳出生于这里,他天真烂漫的童年也在这里度过,直到十八岁才振翅远飞。刘禹锡在《陋室铭》中写道:"山不在高,有仙则名。水不在深,有龙则灵。"诚可谓也,只因斯屋住过聂耳,才使我,以及和我一样敬仰聂耳的人们济济一堂,叩访观瞻。

进入房舍,遥远的音韵便萦绕在耳畔,何止是耳畔,是血脉,并经由血脉激活了每一个细胞。不过那还不是《国歌》的旋律,也不是前身电影《风云儿女》的主题曲《义勇军进行曲》,只是竹笛吹出的稚嫩音韵。对这笛音,小学课本有篇文章曾有还原,说是"悠扬的笛声飘荡在林间小路上,许多行人被吸引了,都站在细雨中静静地听他吹笛子"。我不否认聂耳能把笛子吹得优美迷人,然而,那是后来的事,是聂耳拜师学习提高技艺的结晶。先前可不这样,他吹出的声音不悠扬,也不婉转,还不无刺耳。教聂耳吹笛子的师傅姓邱,名字如同姓杨的房东一般，没人记得。可是，若没有他的启蒙教导，断然不会有响亮于神州大地的聂耳。而且，这位邱师傅还不是音乐教师，只是一位木工。吹笛子是他劳累时歇息肢体的业余爱好。他的笛声一响，聂耳的血脉就在激荡，就在舞蹈。或许，就在聂耳听得如痴如醉的时候，笛音消失了，代之而起的是锯子和刨子的声音。聂耳不无失望。失望的聂耳，要寻求希望，他悄悄来到隔壁的木工房。邱师傅撂下锯子，有人给他递过刨子，撂下刨子有人给他递过墨斗，省力省时，哪能不高兴。邱师傅面对眼前的小矮人夸他"小机灵"。这位小机灵不是别个，就是聂耳。小机灵真是机灵，趁着邱师傅休息，赶紧请他教给自己吹笛子。邱师傅怎能辜负这可爱的小机灵，一老一小的心声便胶合在一起，飞出屋室，飞到甬道街头。飞啊，飞啊，这才会让聂耳的笛声吸引住细雨中的行人。

勤奋好学，让聂耳叩开了通向音乐的门扉。何止如此，勤奋好学，也让他叩开了通向知识的门扉。聂耳上学不久，父亲去世了，家庭陷入困境，连他的学费也没着落。母亲卖掉心爱的八音钟才凑够学费，可还缺书钱呀！聂耳没有为难母亲，有一天他高高兴兴说，我有课本了。母亲看见聂耳手里是用烟盒装订的小本本，再仔细瞅时才发现，背面是手抄的《国语》和《算术》。母亲真比聂耳还要高兴啊！母亲固然为聂耳手抄的书高兴，更为孩子好学上进的精神高兴。聂耳在学校长知识，长思想，随着个头的增高，胸怀眼界也开阔多了。他看到祖国积弱积贫，时刻梦想着何时能富裕强大。他把满腔热情寄托于变革，为之呼吁奔走，并鼓动同学和自己一道呼吁奔走。然而，时局能忍受贫弱保守，却容忍不下激进变革，聂耳被列入另册，难以再待下去，只好洒泪告别昆明。

告别昆明，聂耳飘零到上海，靠在商号当伙计维持一日三餐。有一天，他看到《申报》刊登出联华影业公司音乐歌舞学校招收学员的广告，沉睡的音乐细胞马上被激活了，便去报考。音乐家黎锦晖担任主考，一眼看出聂耳身上潜在的艺术活色，录取了他。成为歌剧社的一员，聂耳如鱼得水，他担任首席小提琴手，可只要是歌剧社的事他都主动干。时不时还上场演出，要么扮演卖臭豆腐的小贩，要么扮演一身乌黑的煤矿工人。他才华横溢，活泼可爱，大伙儿见他耳朵大，就亲切地叫他"耳朵先生"。叫着叫着，干脆叫成聂耳。他也非常乐意，对了，他的原名是聂守信。此后称聂耳才名副其实。

就在此时，"九一八"事变发生了，日寇侵犯，东北沦陷，一个热血男儿，哪能再隔江犹唱后庭花！聂耳不再想歌唱，而是要呐喊。他结识了诗人田汉，参加了革命音乐组织，开始为电影和戏剧创作主题曲和插曲。《大路歌》《开路先锋》《码头工人之歌》《毕业歌》，一首又一首明快激昂的歌曲，涌出他的心胸，涌出他的歌喉，他旨在用歌声惊醒沉睡的雄狮，用歌声点燃焚烧日本强盗的烽火。

聂耳的激情在蕴积！

聂耳的怒火在燃烧！

似乎就在等待这一天。这一天，一部电影《风云儿女》开拍了，这是一部电影，更是呼唤抗日的呐喊。剧组在呐喊，聂耳也在呐喊，聂耳的呐喊化作主题曲《义勇军进行曲》的旋律：冒着敌人的炮火，前进，前进，前进、进！

浑厚昂扬的旋律，激愤着国人，奋起抗战，抗战，把日寇赶出国门！

浑厚昂扬的旋律，激愤着国人，奋起建设，建设，把华夏神州建设成和谐社会！

聂耳胸中的旋律，化作万众的心声，化作《国歌》，化作永恒的魅力！

昆明甬道街头飞扬的稚嫩笛音，千锤百炼，怒吼出了民族魂，中华魂！

赏析

本文一反常态，颠覆了"以小见大"的手法，采用了"化大为小"的方法，通过聂耳的故事表达了对我国这位伟大的音乐家的崇高敬意。

聂耳一生只有短短的二十三年，但他求学、打工、参加革命、创作作品，经历非常丰富，他的一系列作品影响中国音乐几十年，他作曲的《义勇军进行曲》作为中华人民共和国国歌，更是激励一代又一代中华儿女拼搏努力，奋勇向前。要在一个短小的作品中写聂耳，写出聂耳的影响、聂耳的精神是一件不容易的事情。作者巧妙选取几个重要片段：小时候跟木匠师傅学习笛子、家境困难时用烟盒纸抄书学习文化知识、在歌剧社努力工作、为革命创作歌曲几个片段，用努力、奋斗、拼搏这个贯穿聂耳一生的精神特征，将这几个片段有机结合在一起，为我们展现出这位天才音乐家一生的轨迹和对音乐发展的重要贡献。

写作时面对丰富、复杂的写作素材时可以借鉴这篇文章的材料处理方法，围绕一个中心，化大为小，化繁为简，举重若轻地用简短而具体的材料表现一个较大的主题。

（沈秀娥）

只取千灯一盏灯

　　江南水乡的众多古镇，我独钟千灯。于是，坐飞机，乘汽车，赶去寻访。

　　千灯果然有灯。清水滋润的河边是一条古旧的小街，街上光滑的花岗岩石板从宋朝铺展到元朝，从明代铺展到清代，历经沧桑辗转到了我的面前。就在那石板街边的店铺中间，有一座古屋，里面陈列着很多的灯，据说，真够上千盏了。那些灯有陶捏的，有瓷质的，有铁铸的，有铜制的，也有锡做的。品类众多，造型各异，将人类趋向光明的过程从古代演绎到了当今。灯的出现，无疑是文明的一座里程碑，如同把野兽变成家畜一样，是人类驯服它类的成果。熊熊燃烧的烈火被人们驯化后，乖巧得不仅能够炊饭取暖，还成了驱除黑暗、延长白昼的工具，多么值得称颂的跨越啊！毫不夸张地说，几乎每一盏灯都闪射着人们心灵中智慧的光芒。

　　无疑，千灯在江南水乡里是亮色独具的。然而，我追溯的却不是这聚合起来的文物拼盘。好在，千灯的魅力并不限于此，流动的河水、飞翘的屋檐，都能够标示本土文化的辉泽。流动的河水名为尚书浦，因为曾经疏浚河道的是明朝尚书夏元吉，尚书名气就不小了，可他手下主事的一位官员竟然是比他名气还要大的海瑞。这河流岂可小瞧！凝固的屋檐也不弱，他的羽翼下名人辈出，有江南丝竹的首创者、陶渊明的后裔陶岘，有昆山腔的始成者、世人尊为昆曲鼻祖的顾坚，有明代的抗倭英雄、武状元陈先锋，还有昆山市出自南宋的第一位状元卫泾……一个小镇，孕育出这么多的人杰精英，实属罕见。更罕见的是，明清以来考中的进士居然多达三十五人！

这样浓郁的文化氛围令人陶醉，也令人叩问，是否千灯这方水土当真不凡，当真有千盏明灯辉映着人们的心智？其实不然，千灯只是一个现代的名字。这个灵秀的古镇原来叫作千墩。千墩，是物事的记录。据说，昔时的吴淞江畔筑有无数土墩，流经此地时正好是第一千个。千墩的名字就这么顺势而生了。这个名字沉重得如太行王屋，与这灵秀小镇的反差实在太大，就有人提议更名。清宣统年间，改为茜墩。那是因为遍地清水哺育出遍地茜草，茵茂的茜草不光盎然勃发，赭红的草根还能做颜料。千墩变茜墩，繁多的数字虽然变成了蓬勃的绿意，可是，那沉实厚重的"墩"仍然重压在众人的心上。这便有了四十年前又一次变更，聪明的人们将口音和灯相近的"墩"改为"灯"了。从此，光灿灿的千灯便敞亮于人世。

我远道造访，莫非就是奔这智慧的敞亮来的？也不是。我倾心的是石板街最南端的一座院落。院落分五进，有厅堂，有卧室，有书房，屋舍不能算阔大，花园不能算精巧，陈设不能算豪华，不要说和山西的乔家、常家等大院相比，即使和周庄的沈园，同里的退思园相比也有差距。然而，就是这个院落令我顶礼膜拜，因为这里走出了一个令世人刮目相看的文士。他就是大名鼎鼎的顾炎武。老实说，我从黄土高原不辞辛劳来这南国水乡，就是要拜识这颗思想的明星。

对于他，国人不会陌生，现今在电脑上一搜索，就会出现他的生平。顾炎武原来叫继坤，曾经叫过绛。改名炎武是因为清兵南下，大明社稷将倾，为了抵御外侵，他决心投笔从戎，抗击敌寇。只是，寡难敌众，失败后他不得不背井离乡，远走北国。然而，他立定志向，誓不叛明，无论谁人招安，决不屈膝为官。顾炎武四处游走，严谨治学，撰出《日知录》《音学五书》《亭林诗文集》等著作，成为名声显赫的思想家、史学家、语言学家,在明末清初与黄宗羲、王夫之并称作三位大儒。

如此看,世人对顾炎武的评价并不算低,可是对那句"与黄宗羲、王夫之并称作三位大儒"我却极为不满。在我眼里,一位思想家不在于他的著作有多么繁丰,学说有多么缜密,如果缺少了独具慧眼的发现,缺少了照亮心灵的光色,那只能是平庸的再造或翻版。我这么断言,是顾炎武用他独具慧眼的发现,照亮了我愚暗的心扉,给了我新的启迪。不要说他笔下那浩瀚的论著,就一句"天下兴亡,匹夫有责"便具有晴天霹雳的震惊效应。我知道这不是他的原话,这话是梁启超为之合成的。他的原话是:"有亡国,有亡天下,亡国与亡天下奚辩?曰:易姓改号,谓之亡国;仁义充塞,而至于率兽食人,人将相食,谓之亡天下……保国者,其君其臣,肉食者谋之;保天下者,匹夫之贱,与有责焉耳矣!"

时光逝去数百年了,我坐在书斋轻轻掀动《日知录》,当字行里跳出这段话时,眼睛竟亮得如电光闪射,神魂竟震撼得如惊雷炸响!我把顾炎武尊为补天者,他要补的天是仁爱的苍穹、道德的星空。诚如那个阴沉沉的午后,我走进尚书浦畔的顾家宅第,顿觉阴霾四散,华光迸射,心胸亮堂得少见。是的,仁爱是天,一旦失去仁爱,人和兽还有何种差别?若是世道真的沦为"率兽食人,人将相食",那可是最为恐怖的灾难啊!这灾难不是天塌,其危害甚于天塌;不是地陷,其危害甚于地陷。要免除这人为的天塌地陷有何良策?顾炎武已明确指出:"匹夫之贱,与有责焉耳!"是的,匹夫有责,匹夫行责,才会民风和洽,才会其乐融融,才会重现尧天舜日的美景。

顾炎武点起了一盏灯,一盏照亮人心的明灯!

顾炎武就是一盏灯,一盏闪烁在中华大地的思想明灯!

我在千灯的清流秀水边徘徊,我在千灯的老街故宅里追溯,寻访的就是顾炎武这盏明灯。我不敢贪婪,若是千灯容许我带走一盏灯,那我就带走顾炎武这一盏!

赏 析

  这是一篇游记,作者却跳出一般游记的窠臼,写文化、写背景、写思考,将大量的知识融入散文的表达之中,表现自我的理性思考。

  文章前半部分写了千灯古镇的历史、称谓的变化、历史名人、文化氛围,后半部分写顾炎武故居、顾炎武事迹、顾炎武思想及对后世的影响。在写顾炎武思想时,抓住"天下兴亡,匹夫有责"这个核心,详细分析了这句话的脱胎之句。最后点明主旨"顾炎武点起了一盏灯,一盏照亮人心的明灯!顾炎武就是一盏灯,一盏闪烁在中华大地的思想明灯"。

  思想是人类文明发展、社会进步的根本要素。有思想作为灯塔,人类得以跨入更高的文明;把思考融进作品,文章也就更为深邃、厚重、引人深思。

(沈秀娥)

一面做人的明镜

不畏风冽，不畏冬寒，我又一次来到霍州署衙。

霍州署衙是全国仅存的州署衙门，文物有价值，观赏也好看。旅游部门称之与北京故宫、保定总督府、内乡县衙代表了古代的四级官府。我一来再来却不是为此，只是冲着一个人，这个人叫曹端。

明永乐初年（1403年），曹端在霍州署衙担任学正。置身这阔大的署衙之中，像他这样的九品官可以列队成行，曹端不会显眼。显眼的是知州，然而那时的知州是谁，别说游人，即使这里的上班族能说清楚的也寥寥无几。而对于官阶极小的曹端，却很少有人说不清楚。曹端著书甚丰，主要有《通书述解》《〈孝经〉述解》和《四书详说》等十余种。后世学者推崇他承接宋代理学，堪称明初之冠。我不为动心，因为在灿烂的历史星空比之华丽夺目的文人学士多的是，莫说孔孟和诸子百家，即使理学中的朱熹和程颢兄弟哪一个也比他玩得出彩。

曹端也有出彩的光色，著名的官箴"公生明，廉生威"就是由他的话派生出来的。永乐二十二年，即公元1424年，曹端的弟子郭晟科考中举，赴任前向他请教为官之道。他说："其公廉乎！古人云：吏不畏吾严，而畏吾廉。民不服吾能，而服吾公。公则民不敢慢，廉则吏不敢欺。"此话不胫而走，传至山东巡抚年富那里，将之提炼镌刻成碑，于是"公生明，廉生威"红盛九州。及至当代，仍有人津津乐道，成为规诫官吏清廉为政的标尺。对此我深怀敬慕，却还不至于一次又一次奔波膜拜。

准确地说,我一次又一次前来不是膜拜,不是观瞻,而是来照镜子。唐太宗李世民曾说,以铜为镜,可以正衣冠;以史为镜,可以知兴替;以人为镜,可以明得失。我以为曹端是一面做人的最好明镜。这面明镜的功能是自律,是言行一致,是知行合一。曹端饱读诗书,推崇孔孟,所著书籍无一不在传布仁爱善行。敦促他人为善,自己首先躬行。他在霍州担任学正时,闻知学生王鉴母亲疾病缠身,无钱医治,立即赶到家中,探望宽慰。而后,送去自己几个月的俸禄给予资助。学生张诚父母双亡,和奶奶度日,家境贫穷,几近断炊,曹端也解囊济困。他的仁爱不是嘴上吹出的泡泡,而是行动留下的屐痕。

"孝乃百行之源,万善之首。故之君子,自生至死,顷步不敢忘孝。"曹端在《夜行烛》中这样行文,在生活中也这样做人。他恪守孝道,诚敬备至。永乐十六年(1418年),曹端的母亲病故。身在霍州的曹端惊闻噩耗,悲伤欲绝。次日,他披发光脚,归家奔丧。一路上身掩草帘,风餐露宿,见者无不随之落泪。安葬母亲没多时,父亲也不幸病逝。曹端在父母墓旁搭棚守孝,自备碓臼,舂米做饭。他五味不食,淡粮充饥,日日如此,一守就是三载。我钩沉这段史事,不是要当今的人们复古,再去模仿曹端的行为,而是为他言必行、行必笃的品格所感动。

再看曹端如何践行他提出的公和廉。曹端受命去陕西主管乡试,对身边的从人说:"取士要公平。比如盖屋,用一朽木,必弃一良材。"话刚说过,就有人向他举荐朽木。举荐者是当地一位权势要员,按照惯例主考大人不能不给他这个面子。举荐毕,他敬候佳音,岂料只候到曹端一首诗:"天道原是秉至公,受天明命列人中。论才若不以天道,王法虽容天不容。"官员只能作罢,不敢再讨没趣。

公至如此,廉又如何?自古迄今,多少英雄豪杰都栽在了金钱上,曹端能信守诺言吗?不必再打开古籍照录琐事,只要看看曹端的后事就一清二楚。宣德九年，即公元1434年，五十九岁的曹端身染重疴，逝于霍州。叶落归根，本该送归故里河南省渑池县曹滹沱村安葬，可是曹端却被孤身葬于霍山脚下。此是何故？原来归里安葬，路途遥远，需要花费。一生清廉的曹端连这点积蓄也没有，只能就近掩埋。好在曹端并不凄凉，下葬这日，城里城外万人空巷，连生意人也关门罢市，恸哭扶柩。形容平民百姓对他的爱戴，真该借用当今一句流行语：金杯银杯不如人民的口碑。此情此境，为当时，也为后世率开先河啊！万历年间，刚正廉洁的海瑞去世也是如此情境，莫不就是曹端熏染的结果？

不论曹端能不能熏染到海瑞，却熏染了霍州人民。志书记载，这里民风淳朴，讲信修睦。曹端活着如此，死后也如此。市井平民如此，乡村贫民也如此。有位打柴为生的樵夫，某日换得一升米回家，里面竟有一根金钗。这可是天上掉下个大馅饼，对于屋顶透风吹、家无隔宿粮的穷人来说，真是一笔不小的收入。然而樵夫不为动心，往返数十里归还主人。问之何故？回答是：怎能把学正的教诲当成耳边风！

不是我把曹端视为做人的明镜，而是当时的霍州人就用他来镜鉴行为。曹端早就是一面明镜，一面严以律己的明镜。一个人律己，才能有所为，有所不为，成为无损于他人、有益于社会的人；一个家庭律己，才能尊老爱幼，甘苦与共，融洽和睦，同享快乐；一个社会律己，才能国泰民安，井然有序，互助友爱，和谐幸福。

因而，我以曹端为镜，时时比照，反省自新。也愿更多的人和我一起站在这面明镜的前面，鉴行明心。

赏 析

写作常用一种手法是"借物咏怀"，本文则是"借人咏怀"。借明代在霍州署衙担任学正的曹端的故事，表明观点：一个人必须严以律己，一个家庭必须严以律己，一个社会也必须严以律己。

　　本文的最终目的是展示曹端的"公"与"廉"，由此作为镜子，反射出今人仍然需要的"律己"，因而所有的材料都为这个主题服务。一开始介绍曹端的身份、学术成就，强调这不是其活在后人心中的根本原因；中间引入他思想的核心"公生明，廉生威"作为过渡，证明曹端思想上对自己的严格要求；接下来介绍的是其行为：推崇孔孟、解囊济困、为父母守孝、不畏权势公平取士……这些都是曹端言行一致的具体表现。最后写其去世后竟然无遗钱返乡安葬，是曹端公正廉洁的又一证明，而下葬时城里城外万人空巷，恸哭扶柩，和开头的介绍形成呼应。文章的结论也自然得出："一个人律己，才能有所为，有所不为，成为无损于他人、有益于社会的人；一个家庭律己，才能尊老爱幼，甘苦与共，融洽和睦，同享快乐；一个社会律己，才能国泰民安，井然有序，互助友爱，和谐幸福。"

　　借物咏怀的文章有一个特点，就是所借的"物"和所要咏的"怀"之间有一种必然联系，有一种共通之处。借人咏怀也是如此，所借人物的事迹、故事的情节折射的道理应与作者的观点相契合。本文正是把握了这种关系，结论也就自然而然、令人信服。

（沈秀娥）

朝拜一座山

山顶上是人，山坡里是人，山沟里也挤满人；垣脑上是人，垣肩上是人，垣背上也挤满人；河谷里是人，河滩里是人，河岸上也挤满人。路上更不用说了，当间是人，两边是人，前面是人，后面也是人。人挨着人，人拥着人，从平畴到山麓，从山麓到峰巅，密密麻麻，摩肩接踵，首尾相连，络绎不绝……再有多少词语拿来形容这庙会也不足以活画那罕见的盛景。

头一次走进云丘山，我就被那波澜壮阔的人潮震撼了！

震撼了，是震撼了！平生看到过无数庙会，哪一次也没有这样浩瀚的人群，也没有这么浩大的声势。乡宁、稷山、新绛，周边数县的人都来了，男男女女挤窄了宽阔的大路。而且，年年这样，代代这样，祖祖辈辈都这样，这样心欢神畅地去云丘山赶庙会。不，庙会是书报上的说法，村乡人不这么说，都说是朝山。年年朝山，代代朝山，祖祖辈辈都这样朝山。

朝山，朝拜高山。为什么朝山？原来云丘山那直插云天的山尖就是羲和观天的地方。听见羲和，我倏尔一振，这名字太熟悉了，他是帝尧派出观象测时的要员。可是，之前我仅知道他去往尧都西面的高山，却不知道他登上的竟是云丘山的最高峰巅。是他，和他的伙伴，观测日出日落，察看四时变化，将一年判定为三百六十余天，进而推演出古老的历法。人们的生活由此迈出了关键的一步，这一步让众生即使不狩猎也有了填饱肚子的籽实，可以直起腰和茹毛饮血的往昔大声告别。

可是，可是先前，谁也不敢这么大胆，这么大胆放言。那是个什么时代啊？蒙昧、迷茫、惆怅、忧虑和愁闷笼罩着先民。是呀，先祖神农氏尝百草发明农耕已有好多载，然而，蠢笨的子孙却一直徘徊在有种无收的圈圈，顶大也只能广种薄收。忧虑在于，弄不清何时该撒播种子。种早了，刚出土的嫩苗会被晚霜杀死；种晚了，还未成熟的粟谷又被早霜杀死。嫩禾的夭折会有种无收，粟谷的早枯会广种薄收。愧对先祖，愧对先祖，不肖子孙为什么就不能丰饶收获先祖神农氏开创的农耕？

这关头深深愧悔和自责的是帝尧，他决心带领广众洗刷掉内心的愧悔。几经周折，人们终于摆脱了饥饿，终于洗刷掉愧悔。而摆脱和洗刷的关键之举就在于羲和登上圜达辰观测天象，就在于帝尧敬授民时，将他收获到的笑颜遍洒人间。我记得，《尚书·尧典》曾记下这遥远的世事，却不知道原来羲和就在云丘山巅仰望苍穹，揭示上天的奥秘，勾画出众生耕种的轨迹。沿着这轨迹，世人走出茹毛饮血的蒙昧，走进日出而作、耕田而食的岁月平畴。难怪这么多的人前来朝山，朝拜云丘山！

还有，还有根由。你看那么多人跪在地上，直朝脸前的石头燃香磕头，为啥这么虔敬石头？走进云丘山下的陶寺遗址就会豁然明白。这里属于龙山文化晚期的遗址，也是尧那个时候的墓葬。墓葬或大或小都有镇墓的石头，而且是大墓大石头，小墓小石头，石头彰显着墓主人的身份地位。就是在此刻，我的思绪接通了云丘山，明白了石头和人的密切关系。人类曾经走过旧石器时代、新石器时代，打猎用石头，耕种用石头，研磨吃食使用的还是石头。那时候，石头是人形影不离的工具，是人如影随形的朋友。人们使用石头，绝不轻视石头，而是将石头视若亲朋，敬如神灵。我们的先祖没有鄙视无言的石头，没有狂妄自大，对于一切帮助过自己的物体都毕恭毕敬，都感恩戴德，都顶礼膜拜！

好一个感恩戴德！

好一个顶礼膜拜！

在对石头的朝拜上，我蓦然窥视到先祖的心灵世界、行为轨迹。他们没有以主宰天地的面孔出现，仍然把自己当作自然家族的一员，尘世万物的一员。与山川沟壑，与花草树木，与江河溪流，与走兽飞禽，融合在一起，生活在一起。即使脱颖而出，驾驭它们，驱使它们，支配它们，也没有盛气凌人，也没有妄自尊大，更没有发出战天斗地、重新安排河山的疯狂吼喊，依然敬畏万物，敬畏自然，一如早先那般，那般感恩戴德，那般顶礼膜拜。

于是，就演绎出这朝山的礼仪，这朝山的风俗。

朝山，祖祖辈辈朝山，世世代代朝山，永永远远把自己当成天地万物中卑微的一员。

朝山，男男女女朝山，老老少少朝山，永永远远感念日月星辰，敬畏山石水土、花草树木、飞禽走兽，还有那些小不起眼的蜂蝶和昆虫……

赏 析

本文张弛有度，收放自如。文章通过写对云丘山庙会的思考，表达对人与自然关系的态度：尊重自然、敬畏自然，人和自然才可以真正和谐统一。

文章涉及的材料很多：壮观的庙会场面（数量壮观：人非常多；覆盖面壮观：来自乡宁、稷山、新绛以及周边的很多地方）、云丘山和羲和的关系、羲和观日的故事、先祖们当时的生存状况、石器时代石头在人生活中的作用、先祖朝拜石头的原因，以及庙会的由来……这么多材料，上下几千年，内容涵盖现实生活场景、民间传说、历史典籍、历史文物、考古知识等很多方面，但作者从容面对，一一道来，把众多的材料联结成一个有机的整体。

　　内在的逻辑关系是处理材料顺序的重要依据。先多角度渲染庙会场面的壮观，自然就过渡到对祭拜对象的探寻、分析与思考，而这种思考的结果也就关注到当今人们的生存状态，作者要表达的观点也就水到渠成。一篇文章有了好的素材、好的主题还远远不够，梳理材料，合理铺排，是动笔前必须构思的。

（沈秀娥）

谢 土

说明土地对人类的重要，其实无须任何语言，只要打开我家乡的一种民俗就可以读得清楚明白。这民俗是：

——谢土。

谢土？对，感谢土地！

感谢土地，不是一句空话，逢年过节乡亲们都要祭祀，都要摆上自己舍不得吃的好食物，先敬献土地爷。土地爷，是乡亲们眼里最尊敬的神仙。从前，村村都有土地庙。不，这说少了，村下面是社，社社都有土地庙。不，还说少了，应该说凡是像样的门户，只要自己有房屋，就会有土地庙。当然，院里的庙没有社里、村里的庙那么阔绰气派，可是，正房的当间墙上必有一个小巧精致的神龛，那里供奉的就是土地神。村里人不说土地神，都说土地爷。爷，是尊称，在村里只有辈分大的、威望高的，才配享受这爷的称呼。足见，土地有多么高的地位！

土地的地位为什么高？看看神龛两边的对联就明晓了：土能生万物，地可发千祥。

一副通俗的对联，说透了万代相传的世理。《易经》说："坤厚载物。"乾，为天；坤，为地。土能生万物，不就是坤厚载物？万物由土地中获得生命，互为依凭，和谐生存，岂不是"发千祥"？"生万物""发千祥"，还不是最大的功德？因而又说："厚德载物。"像土地那样滋生万物，养育万物，才是这世上头等大的功德啊！所以，土地就是村里人的爷爷,老爷爷,非祭祀不可的老老爷爷!

乡亲们对于土地的尊崇和敬畏自然不是这么理性的,而是感性的,是从生存的愿望出发的。在他们眼里,土地是活着所必需的,没有土地,就会断了吃食。没有吃食,怎么还能活得下去?所以,农人和土地的关系,是不能用人和物来看待的。土地是神,是爷,你不把神爷爷伺候到家,神爷爷怎么会给你长五谷?长吃食?

秋天收过玉米,大田坦荡开去,一览无余。你看吧,男女老少都在精心地伺候土地。土地犁开不行,只虚不绵,还要耙过;耙过不行,只绵不绒,还要耱过。耱一遍再耱一遍,耱得土细如面,又绵又绒,撒一把种子进去,舒适得就像在冬阳暖照的炕头上睡大觉。把土地伺候到这种份儿上,虽然人累得骨头都能散了架,可这会儿才是顶受活的。一代一代的农人,就这么将青春、将壮硕,将晚年全都伺候了土地,直到耗干最后一滴心血无奈地倒下,被别人种进土地。这就是叶落归根,入土为安。土地供养人活着,还供养人死去。说土地是人的命根子一点也不过分。

既然土地是命根子,那要是有人夺他的土地,他非拼命不可。我的老爷爷就因为五亩好地被别人打倒了,打倒他的人不是伺候土地的人,打倒他却是为了将别人的土地据为己有。那一年村里闹红火发生械斗打死了人,与此事毫不相干的老爷爷却被关进了监牢。顿时家里人慌乱异常,听别人说打点能出来,就赶紧打点,把那五亩地打点给人家才把老爷爷挖出监牢。

我曾经听到个重耳逃国的故事。那是重耳被追杀他的人赶出翟国,一行人饥饿难忍,无法再走,看见路边锄田的农夫吃饭就上前讨要。岂料,农夫非但不给,还扔来土块戏弄他们。顿时,重耳大怒,挺身就要和农夫打斗。随行的狐偃慌忙拦住劝道:"得饭易,得土难,土是江山社稷!"一席话说得重耳转怒为喜,以为这是将要得到天下的吉兆。土地是何等重要？是拥有天下的象征啊！这不夸张，民以食为天，没有吃的就会揭竿造反，就会掀翻龙庭，中国历史上哪一次农民起义和吃饭没有关系呢？

由此回望，我对那首《游击队之歌》更是情有独钟。独钟在那句："我们生长在这里，每一寸土地都是我们自己的。无论谁要抢占去，我们都要和他拼到底！"每一寸土地都是我们自己的，是我们的命根子，捍卫土地，就是保家卫国！因而一呼百应，千应，万应，应者如云，直到把日寇赶出国门！

何止是抗战，在更早的时候，土地与人就凝结在一起了。不是有神话女娲造人吗？女娲怎么造人？抟土造人啊！抟土真能造人？我不相信。但是我相信，没有土地就没有生命，当然也就不会有人。从这个缝隙窥视，土地就是人的生命，这一点点疑问也没有。因而，人们将土地爷供进庙堂，无论谁家盖了新房，都会毕恭毕敬地摆上祭品，虔诚地跪在地上，焚香叩首，恳求土地爷宽谅恕罪，恳请土地爷保佑平安。这就是谢土。

对土地的诚敬，不仅仅是谢土，是从早于谢土的破土就体现出来的。一块土地，或是盖房子，或是修道路，哪怕是在上头盘个做饭的炉子，只要是不让它再长花草五谷，那就是对土地的破坏。这破坏就被人们视为破土。破土无疑就是罪过，破土的人无疑就是罪人。因而，动工前非举行个破土仪式不可。仪式的规模视动土的大小而定，若是盘个炉子、垒个猪圈，在地上撒些生米生面，倒些酒水就可以了。若要是盖房子，那就是大兴土木，必须杀只鸡，将鲜红的血液洒在就要开挖的土地上。先前我不理解，为什么要用鸡血破土奠基，制造惨烈？何必弄得这么血色恐怖？后来领悟了，这惨烈的场景，其实是代替无言的土地设置了一道无形的护栏。供给人们衣食的土地难道是随便可以毁坏的？不是！土地就是长百草、长五谷的，盖房、修路等，都是对土地意志的违拗，强暴！是比流血还要可怕的残害，那血淋淋被宰的何止是鸡？何止是马？是土地，是土地在迸溅鲜血！宰杀土地，无异于宰杀人们赖以生存的命根子。割断了生存的命根子，那倒下的就不是土地，就不是鸡和马，而是人类自己。

谢土，在我看，是人们对自己最严厉的警示！

赏析

文章综合运用多种表达方式与修辞手法，通过对"谢土"这一民间习俗的描述与分析，揭示了土地对人的重要作用：土地是人生存的"命根子"，如果割断了这个"命根子"，"那倒下的就不是土地，就不是鸡和马，而是人类自己"。

在写作过程中描写、叙述、抒情、议论巧妙结合，叙中有议，叙中融情，议中升华。比喻、引用、对偶、排比等修辞在文中也多次出现。尤其是引用手法，更是文章一大特色。对联、风土民情、历史故事、经典歌词、民间传说的大量引入，增强了文章的知识性和趣味性。读来如同走进景色迷人的游览区，峰回路转，鸟语花香，处处洋溢着新鲜的美感。

（沈秀娥）

台 子

台子是戏台。戏台在村子里被众人唤成台子。

台子是村子里的乐趣，也是村子里的奢侈。村子里有院子，院子里有房子。没有房子，没有院子，便没有村子。村子里却不一定有台子，没有台子的村子也是村子。

大村、富村才有台子，有台子的村子多数被叫作镇子，只是镇子也是村子，村子四周还是村子。

房子、院子是用来住人的。住在房子、院子里的是庄稼人。庄稼人的心思是五谷丰登。为了五谷丰登，众人光着膀子在田里狠下力气。下力气种地，下力气锄禾，却不一定有下力气的收成。天上的风雨也左右着田里的籽实。因而，要左右田里的籽实，先要左右天上的风雨，而要左右天上的风雨，必须要讨得神灵的欢喜。庄稼人便挨家所有的凑份子，建大庙，把神仙供进村子里。

村子里有了庙，庙里有了戏台子。众人好看戏，想象神仙也好看戏。逢年过节都唱戏，别看是人在看戏，戏却是唱给神仙的。丰收了唱戏，是报答神仙的恩赐；歉收了唱戏，是要神仙谅解人的过错。人到底有什么过错，不清楚，只清楚心诚则灵，不唱戏不行，真心实意请一台戏，好好唱他十天半个月。不过，说是给神唱戏，热闹红火的却是人们自己。戏台下密密麻麻，挨挨挤挤的全是人，前头的坐低凳，后头的坐高凳，再后头的站在凳子上，幼儿稚女则骑在凳子上的父亲脖子上。人们挤挤攘攘够了，神仙也就过够了瘾。

台子建在大庙里，大庙建在村子里，台子当然不敢和村子比，要比自己也是芝麻绿豆的，小多了。偏偏小台子却是大天地，大过村子，大过镇子，大到整个世界里。这不是胡吹乱抡。山高皇帝远，村里离京城远隔十万八千里。尽管老人们常念叨，茅池边的小路通京城哩！是说从院里可以走到村里，从村里可以走到镇里，从镇里上了官道，一直走，就可以走进京城，京城里打坐着指天画地的皇上。说是这么说，谁去过京城，更别说见过皇上。这就该说台子了，别看台子只占了磨盘大小的那么个地方，可是，一眨眼皇上来了，还有皇后娘娘，跟着宰相、尚书，大大小小、络络绎绎的官员跟了一群，锣鼓旗伞，前呼后拥，一下把个京城，把个金銮殿摆到众人眼前了。谁敢说这戏台不大，大到把村子，把镇子，把整个天地都装在了里头。

当然，这种装法是假的。众人是圣人，圣人说得对：台上是假的，台下是真的。真龙天子，哪能眨眼工夫说到就到，到这荒山僻地的村落里来？那皇帝是戏子扮的，脱了龙袍，也是咱百姓花户。不过，只要上了台子，明知那龙袍裹的是一起锄草犁地的弟兄，却也当成真的。这不，陈世美派人来杀秦香莲母子，母子们战战兢兢，哭哭啼啼，哭得来人心软了，也跟着哭，哭，哭得台子底下全哭了。女人哭就哭吧，男人也哭，那些刚烈得敢喊二十年后是一条好汉的男子竟然也泪嗒嗒的！哭够了，众人痛快了，都说，明知是假的，都跟着哭，图个啥！可也是，假的总是糊弄真的，真的还甘心情愿受假的糊弄，隔些时不受点糊弄心里还烦躁躁的，这是什么日子？

台上的日子过得很快。马鞭子一甩，转了一个来回，三两步就过了十万八千里；又一甩，再转个来回，又是十万八千里，而且不是一人转，七八人便是十万大军，呼啦啦刮风一样到了脸前，真比响雷闪电还快。可要慢起来也慢得石头能化成粉末末。那老旦张开口，一波三折，弯了几道扭扭，扭了几股弯弯，飘旋到高天上去了，实在不能再高了，再高要顶破天了，突然还是高上去了，高到天外头去了。正担心高得咋落下来，忽儿一旋，翻滚了一圈，闪跌到深谷里了，听得人揪心地疼，怕把那音魂跌伤了筋骨。哪知道，稍一顿那音魂来了个鹞子翻身，早又腾进云团团上去了。听吧，听吧，听得咱做了一顿饭，听得咱锄了一畛田，那老旦抬起的腿还没进到门里头去，是有些慢。不过，总体来看，慢是局部的，而快是全面的。众人看上一两个时辰，就把人家一辈子，或者几辈子的光景过完了，这还不快呀！

众人看台子的时候，台子也看着众人。众人从台上看到过去的悲欢离合，喜怒哀乐；台子从众人身上看到当下的悲欢离合，喜怒哀乐。众人觉得台上快。台子觉得台下快。台子还倔倔地站着，原先看台子的众人早不见了，再来看台子的是先前那些人的儿子的儿子，孙子的孙子。台子惋惜台下过得太快了，太快了，就收留了众人。众人成了生、末、净、旦、丑，活化在台子上了。于是，现在的众人，从台上看到了先前的众人。台子先前看到的悲欢离合，喜怒哀乐，成了现在众人眼中的悲欢离合，喜怒哀乐。

村子里是活着的现在。

台子上是活着的过去。

活着的现在看着活着的过去，看着，看着，自己也成了过去，自己也登上了让众人观看的戏台子。

赏析

言近旨远，哲理性强。本文的写作对象是以前农村常见的戏台，所用语言也是通俗易懂的乡村语言，看似简单的拉家常过程，却有着很深远的主旨，融入了作者对人生哲理性的思考。

文章的哲理性首先表现在语言上。文章中很多句子初读起来明白如话，但细品起来又有一种特别的味道，好像在写戏台、写百姓，又好像在写人生。比如"小台子却是大天地，大过村子，大过镇子，大到整个世界里""谁敢说这戏台不大，大到把村子，把镇子，把整个天地都装在了里头"；还有"村子里是活着的现在，台子上是活着的过去""活着的现在看着活着的过去，看着，看着，自己也成了过去，自己也登上了让众人观看的戏台子"……话外之音，令人回味。

　　文章的主旨也同样可以引起很多人的共鸣。文章一开始写农村的戏台：戏台的分布、戏台的由来、唱戏的目的、百姓看戏时的表现及心理等等。但后半部分在写戏台的过程中，逐渐将目光的中心由戏台转向台下看戏的众生：人生如戏，戏台上的那些恩恩怨怨、悲欢离合何尝不在我们很多人的生活中一直上演。"台子惋惜台下过得太快了，太快了，就收留了众人。众人成了生、末、净、旦、丑，活化在台子上了。于是，现在的众人，从台上看到了先前的众人。台子先前看到的悲欢离合、喜怒哀乐，成了现在众人眼中的悲欢离合、喜怒哀乐。"作者以台子为话题，写尽了人世哲理。

（沈秀娥）

旺 火

一

呼呼的光焰燃成了朝阳升腾般的红光,院落映红了,房舍映红了,小巷映红了,村落映红了,原野映红了,山乡映红了。红遍了太行山,红遍了吕梁山,红遍了汾河谷地,红遍了雁门关外,红遍了历史上曾称为三晋的魏赵韩大地。

山山岭岭、沟沟壑壑、村村寨寨、家家户户都点亮了旺火过大年。

其实,旺火映红的何止是村落,何止是原野,而是每个农人的日子。那日子顶在农人的额头,搁在农人的心头。在历书上,昼夜交替的是日子;在城市里,上班下班忙碌的是日子。而这些祖祖辈辈务植禾苗的农人,他们从来不把日出日落称作日子,都唤作光景。光景,有光才有景。无光的时候,夜沉沉,黑乌乌,那死一般的沉寂里谁又看得见什么景致。光景,是旺火点亮的,燃起旺火就映红了天地,映红了心胸,映红了新一年人人祈盼的好光景。

旺火,兴旺而红火,多么富有希望,多么富有蕴涵。千家万户的梦想都在那燃烧的烈焰里喷放着!

二

毫无疑问,旺火是农家最美好的新年祝愿。

早年，哪怕过年的饺子贫瘠得只包萝卜白菜，哪怕过年的穿戴只是拆洗过的旧衣衫，一切都可以凑合，都可以寒酸，唯有这旺火不能凑合，不能寒酸。未进腊月，甚而还未入冬，悬崖畔、深壑底就有农人辛忙的身影，他们在劈砍枯干的树木。枯木为柴，一点即燃，燃得兴旺，燃得红火。

农家要的就是这兴旺红火，红火兴旺就是最美好的希望。

农家这希望的开端非常遥远。顺着旺火照亮的历史凭眺，在遥远的山洞里忙碌着一个身影。那人骑在一棵枯木上，搓转着手中的燧石，旋转再旋转，当旋转变成飞转，迸溅的火星就化为亮眼的火苗。那个人是先祖燧人氏。是燧人氏，而不是普罗米修斯。普罗米修斯是西方人取火的先祖，他是一个盗贼，窃取天帝的火种照亮了他的子孙。我们的先祖不是，他的火种是由智慧和毅力胶合而成的。燧人氏用这样的光芒照亮了子孙万代的前程，这或许是我们的先辈数千年冠领于人类的精神动力。

抑或，历史并没有这么简单，是一个复杂而曲折的渐进过程。但无论这渐进怎样曲折，那火光的出现总是人类文明史上一个崭新时代的始点。曾经将目光锁定北京猿人，距今七十万年的时候，那里已有了用火的痕迹。曾经将目光投向西南边陲的元谋人，那隐藏在遗址里的炭屑，将用火的历史推进了一百万年。乖乖，一百七十万年以前我们的先祖就已在使用火了，那该是多么令人骄傲的往事。岂知，还有比之更早的，早到了一百八十万年前，实证这个数字的是晋南的西侯度遗址，那里有火烧过的野兽骨头，专家称之烧骨。从那个遥远的时候起，我们的先祖就携着火种一路走来。火种驱散了严冬的寒冷，消解了夜晚的黑暗，更重要的是生食成为熟食，冷食变为热食，硬食变为软食，舌尖上的美味从缕缕火苗里冉冉升起。

我们的先祖用生命的光色映亮了后辈的前程，这就是旺火那遥远

第四辑　穿越沧桑任驰骋 / 117

的起点。

三

放在漫长的历史中观鉴，火与年结伴随行也就是短暂的一瞬。不过，若是以人的生命为尺度去丈量，那又该使用"漫长"一词。年始于何时？准确的记载是找不到的，需要后人去费心考量。

年，现在是一个时间单位，初始却不是这样，而是收获的意思。从早期的汉字看，年字的造型是一个人背负着成熟的粟禾。粟禾成熟了，收获了，即为一年，这或许便是年成为时间单位的根本所在。现如今粟禾成熟是最平常不过的事情，可是使之成为最平常不过的事情，我们的先祖却历经了艰难的探究。年的出现就是艰难探究的成果。将个人生命和年连接在一起的人是尧，《尚书·尧典》记载，他"乃命羲和，钦若昊天，历象日月星辰，敬授民时"。敬授民时，是因为探究出了历法，即"期三百有六旬有六日，以闰月定四时，成岁"。成岁，也就是成年。有了这日月轮回的划分，先祖再不用摸索着下种了。先前种的不是早，就是晚，早和晚都会有种无收，或者广种薄收。那样人们不会有成熟的粟禾可背，必然与年无缘。粟禾丰收，是年的始生。年的始生，是因为历法的制定。年，是耸立在中华文明史上的一座崔巍的丰碑。

对于年的起始，也曾有人质疑。尽管不是直接冲着年使横，可是城门失火，殃及池鱼。质疑是冲着《尚书》去的，将之鄙视为后人的凭空杜撰，指责没有实物依据，也就没有历史价值。可是，考古发现喑哑了这质疑，陶寺遗址发现的古观象台不仅证实了年的初始，而且还证实了节气的发现和使用。敬授民时不再空洞，粟禾丰收自然而然。年，也就顺理成章从尧时期大步朝我们走来。

过年，实际是中华民族对先祖文明成果最为富丽堂皇的庆贺。

四

时间能够抚平伤痕，时间也会消减辉煌。年，这么值得记忆的辉煌庆典，没想到会沦为一个可怕的故事。在故事里，年竟然成了狰狞而恐怖的怪兽。这怪兽每逢除夕便会突然出现，张开血盆般的大口，一口一个，将人们活吞下去。经历了无数次的死亡和逃脱后，人们终于发现，这个怪兽也不是毫无顾忌，听见噼噼啪啪的响声便会仓皇逃窜。于是，人们燃起大火，再往火堆里添加竹子。竹子一燃烧就会响声四起，噼噼啪啪，啪啪噼噼，怪兽吓得不敢近前，围在火边的人们也就平安无事，也就高高兴兴过了年。

这燃烧的大火莫非就是初始的旺火？

这炸响的声音莫非就是初始的爆竹？

未必是，这么说轻慢了旺火和爆竹的美好身世。

真实的来历还是文明脚步的驱使，年来到时，粟禾丰收，哪个人能不欣喜？欣喜的结果就是欢庆，欢庆的代表作品就是旺火。燃起旺火，烤肉吃，温酒喝，就如同先祖打猎归来，架起木柴，悬起猪羊，烤熟了大块吃肉，大碗喝酒，再围在这篝火边载歌载舞。若再要增加热烈的气氛，就往火堆中抛掷些竹子，增添点噼噼啪啪的响声，增添点歌舞饮宴的浓兴。

代代相传的旺火，包蕴着篝火辉映的生活画卷。

五

旺火包蕴的不只是文明步履、生活画卷，还有更高层面的精神写意。那写意也典藏在《尚书》里,"岁二月,东巡守,至于岱宗,柴"。何为柴?马融说:"祭时积柴,加牲其上而燔之。"《尔雅》亦有"祭天曰燔柴"的记载。燔,即燃烧。这里的柴,就是用柴燎祭祀泰山。在《宋书》《周书》,以及《资治通鉴》里屡屡可见皇帝"柴燎告天"。

　　旺火,便是平民百姓的柴燎祭祀。

　　每每除夕夜燃起旺火,各家的尊长便带领穿戴周正的后辈子孙磕头上香。第一炷香敬祀天神,接着敬祀地神,敬祀灶神,以及牛王、马王、药王诸神。然后,敬祀列祖列宗和先逝的亲人。天、地、人三界敬祀礼成,一家人才会围坐一起,团团圆圆吃年夜饭。开启酒坛,文火温热,却不大碗豪饮,而是小盅斟满,把酒话桑麻,一年的美景便随着酒香萦绕在肺腑,飘荡在屋舍。这才是阖家团聚的天伦之乐啊!

　　此时,屋外的旺火烈焰熊熊。

　　此时,屋内的人们心气雄雄。

　　心气雄雄的人们却没有豪言,没有壮语,只有恭恭敬敬地举杯,向父亲、母亲,向爷爷、奶奶,向老爷爷、老奶奶,向每一位比自己年长的亲人举杯,敬表一份爱心。此时无须多言,那熊熊燃烧的旺火就是每个人新年愿景的美好写真:

　　红红火火,火火红红!

　　置身于火火红红的大年,憧憬着红红火火的光景!

赏 析

　　北方的很多农村以前过年时要在院子里点燃一大堆火,也就是本文所写的旺火。本文用五个部分从不同的角度介绍了旺火的分布、习俗、由来和与之相关的传说,整个作品格调高昂,寓热烈的赞美于闲谈趣闻之中,歌颂了这一群生活在北方土地上、无论顺利还是艰辛,都永远对生活充满着热切希望的人民。

作品旁征博引，取材广泛。旺火习俗、过年饺子、燧人氏钻木取火、北京猿人用火痕迹，以及《尚书·尧典》《尔雅》《宋书》《周书》……从远古到现在，从民间传说到历史典籍，围绕着"火"这个线索，由衷赞美不屈从于命运安排的人生观和世界观。

简短热烈、整齐有力、灵活多变的语言是本文的另一特色。多用短句使文章节奏明快，比如一开头用"红"字引领，"院落映红了，房舍映红了，小巷映红了，村落映红了，原野映红了，山乡映红了"，这是写旺火的壮观；用语质朴使文章亲切生动，比如"枯木为柴，一点即燃，燃得兴旺，燃得红火"；直接引用与间接引用交替，使文章更为厚重。燧人氏取火、年的传说采用间接引用的方式，《尚书·尧典》中"乃命羲和，钦若昊天，历象日月星辰，敬授民时"等则直接引用等等。其余如"年竟然成了狰狞而恐怖的怪兽"中的夸张和比喻，"红红火火，火火红红"中叠音词的运用等等，使得文章精彩纷呈，尽显华彩，富有节奏感和表现力。

（沈秀娥）

大年是朵中国花

在人类居住的这个星球上，大年是最为鲜亮的一朵花，一朵独放在神州大地上的中国花。

大年，这朵中国花初生绽放的时候，地球上好多好多的人还在茹毛饮血，还在刀耕火种，还在日出月落里迷茫，还在为把种子撒不对时光而焦虑，而惆怅，而饥肠辘辘。然而，帝尧带领我们的先祖，已触摸到天时，已钦定了历法，已确定了四季，已观测出如今列入世界非物质文化遗产名录的二十四节气。缘此五谷丰登，丰衣足食；缘此普天同庆，歌之舞之。从《尚书·尧典》寻觅，这歌舞欢庆的时节，不是别个，就是：大年。

大年，源远流长，年深日久。久远到五千年前？有点早；久远到四千年时？有点晚。至少在四五千年之间，中华先祖已在过大年。燃起篝火，点响爆竹，在大年时放开喉咙歌唱，歌唱"日出而作，日入而息"；歌唱"唯天为大，唯尧则之"。在大年时放开身姿舞蹈，舞蹈"土反其宅，水归其壑"；舞蹈"昆虫毋作，草木归其泽"！在高昂的歌声里，在多变的舞姿里，男男女女，老老少少，无一不在开怀地大笑，无一不在开心地大笑，把心灵深处的快乐笑出筋脉，笑出经络，笑成爆开在颜脸上的一朵花。一朵祖辈开放、永续不断的中国花。

好啊，就看看这中国花爆开的感人场景吧！每过大年，威风锣鼓都会敲起来！铙钹一拍，电闪雷鸣，鸣出"大鹏一日同风起，扶摇直上九万里"的气势，要呼风，要唤雨，要使风调雨顺，顺民心，知时节，

"随风潜入夜，润物细无声"；双槌一擂，大鼓震响，响出"天连五岭银锄落，地动三河铁臂摇"的气魄，要耕耘，要收获，要使五谷丰登，登高处，放眼望，"稻花香里说丰年，听取蛙声一片"。这岂止是锣鼓，岂止是威风，是古往今来，祖祖辈辈渴望天遂人愿的美好希望！

锣声敲响，鼓声擂起，狮子舞开了，竹马跑开了。狮子舞得忽高忽低，高起来张牙舞爪，似要九天揽月；低下来伏地安卧，犹若蓄势待发。竹马跑起来忽快忽慢，快起来天马行空，独来独往；慢下来静若处子，逸游东篱。哦，还有龙灯！大年的红火，欢快了白昼，欢快了黑夜，不待星月高照，明灯点亮，一条火龙早已腾空而起，忽而昂首直冲云霄，忽而俯身潜行入海。直冲云霄，石破天惊逗秋雨；潜行入海，又挟风雷作远游。这狮子，这竹马，这龙灯，舞过多少年？不知道；舞过多少代？不知道。知道的唯有那或高或低或快或慢的场景变幻，无一不应和着国人心率的节拍。显然，那里面寄寓着世世代代降龙伏虎的胆识，寄托着年年岁岁六畜兴旺的祈盼。若要是继续追根溯源，古老的《尚书·舜典》里，早就有"击石拊石，百兽率舞"的生动记载。

像一切花朵都需要雨露滋润一样，早早屋里人就忙着用心血浇灌大年这朵花了。一入腊月，没有人号令，没有人动员，个个心里启动了倒计时。要是过了腊月二十三，驻家督察的灶王爷回宫述职一上天，准备工作就进入冲刺阶段。赶紧扫灰尘，清垃圾，贴年画，挂灯笼，把一应事宜预置妥帖，再干干净净，红红火火，迎接灶王爷初一拂晓返回来。冲刺日程如何安排？不必自己刻意编排，老先人已留下了日程清单，照单办理就会把诸多事情打点得滴水不漏，井然有序。"二十三买糖瓜，二十四快扫家，二十五做豆腐，二十六炖羊肉，二十七杀只鸡，二十八把面发，二十九蒸馒头，三十晚上大团圆，初一阖家大拜年。"这清单早就化为民谣，大人们按照民谣里的日程作务着，忙碌着。

小孩子却乐得自在逍遥,"二十三,祭罢灶,小孩乐得哈哈笑。再过六七天,大年就来到。砸核桃,吃红枣,再放两个雷子炮。起火窜过大树梢,拍手笑它没天高"。大年,在孩童眼里就一个字:好!吃得好,穿得好,玩得好!

闲时日子长,忙时岁月短。仿佛一扭头,一转脸,却怎么已是除夕了。家里的人忙,外面的人也忙。忙着坐飞机,赶火车,换汽车,抄小道,往村里赶,往家里赶。赶进大门,未进屋门,站在院里急切地高喊:爸——妈——。屋里一声哎——嘻嘻哈哈迎出来。说着啥,没听见,只听见喜鹊在树梢上"喳喳喳喳"叫得比人欢。比老爸、老妈跑得更快的是那个心肝宝贝,箭一般弹射出来,钻进了妈妈的怀抱。梦里的爸妈回来了,打工的爸妈回来了,风尘仆仆,寒气簌簌,却带回让四九天不再寒冷的温暖。

赶快进屋,赶快炒菜,热气腾腾,香味四溢,一壶老酒开启瓶塞,菜味的浓香里又添加了陈酿的清香。酒杯斟满,斟满,全都斟满;美酒端上,端上,全都端上。碰一杯,一心一意;碰两杯,不弃不离;碰三杯,万事称心……酒不醉人人自醉,阖家欢聚最可心。汤圆煮好了,吃起来,不是汤圆,是团圆,团团圆圆;饺子上桌了,吃起来,不叫饺子,唤"扁食",听起来却是变世。变世,变世,盼世道越变越好,盼光景越变越好,盼大年越变越好!

仿佛刚刚打了个盹,闭了个眼,一声嘹亮的公鸡叫,叫出东边曙光,叫醒千家万户。千家万户的老老少少,穿新衣,戴新帽,蹬新鞋,里里外外焕然一新。新新的儿女,站在新新的爸妈前,恭恭敬敬鞠个躬,再把一个新蒸的枣糕呈上去,呈上衷心的祝愿,祝愿老人家健健康康再健康,高寿高寿再高寿!老人家也不怠慢,从怀里掏出红包,给儿子,给女儿,儿子、女儿大了,给孙子、给孙女。怎么还不好意思要?拿上,必须拿,别嫌少,一点心意嘛!这是老话,时尚话该如何讲?哦,这是给你们的一点基金，成长基金。时光在远去，寿辰在增加，头发在减少，牙齿在脱落，心却不服老，眼睫毛紧跟着互联网跳。跳得虽然时新，却不敢忘记这代代不忘的传家宝。传家宝里有慈孝仁爱，有长幼秩序，有千秋万代躬行不息的中华礼仪。大年，把人间至爱的美德顶在头上，戴在高端。

不光在屋里拜年，在家里拜年，左邻右舍一样也要拜年。东家进，西家出，见面拱手揖礼，开口万事如意。迎面一笑如春风，相见一笑泯恩仇。一条胡同走，一座大楼住，勺子笊篱哪能不磕碰。磕碰已是过去的事，初一见面拱个手，行个礼，哪个心里不甜蜜，哪个还记挂旧日那点烂芝麻陈谷子的破碎事。对呀，新年啦，走新路，迈新步，就该和和美美，欢欢喜喜。一个篱笆三个桩，一个好汉三个帮。你家盖房我砌墙，我家立木你上梁。亲邻犹如左右手，和和睦睦多互助。拜年，拜得一家人心里暖暖的，拜得一村人心里甜甜的，拜得一楼人心里喜喜的，拜得炎黄子孙心里永远是温馨迷人的春天。

拜过年，小孩童蹦跳着出门去撒欢，妈妈一把拉住稚嫩的手，对着耳朵嘱咐：过年了，长了个子，也要变个好样子。不能瞪眼睛，不能耍脾气，更不能张嘴说脏话。一家在嘱咐，家家在嘱咐，过年可撒欢，不可撒野。过年有宽松，也有禁忌，不能放出风筝断掉线。这禁忌，也是先辈流传的老规矩，这规矩如同腊月里必须扫屋子。打扫屋子是清除能看见的垃圾，守牢禁忌是清除看不见的垃圾。清除垃圾，刷新灵魂，大年，何尝不是在缔造一代灵魂纯净的新人！

灵魂常新，光景就常新，岁月就常新。岁月常新，国泰民安，如此过年，哪个能不乐呵？你乐呵，他乐呵，我也乐呵，乐乐呵呵，张口笑出声，满脸笑开花。神州大地遍开欢笑花、希望花、如意花、幸福花，谁不夸，大年是朵中国花！

赏 析

本文选准一个中心点，从不同的角度渲染、烘托，展示了中国过年的习俗，格调欢快、激昂，积极向上。

"中国年"这个中心点确定后，先祖过年的场面、闹红火的习俗、忙碌的年前准备、同享天伦之乐、邻里互相拜年，相继出现。每个场面各有侧重，却都围绕着：热热闹闹过大年。最后文章的氛围达到高潮：阖家欢乐、举国同庆、花团锦簇的欢乐中国年。

文章立意的可贵之处在于：没有在最高处收尾，而是在最后加了一段："灵魂常新，光景就常新，岁月就常新。岁月常新，国泰民安，如此过年，哪个能不乐呵？"作者把大年比作中国花，他认为这朵中国花是"希望花、如意花、幸福花"。所以，神州大地遍开欢笑花，个人幸福和国家幸福紧密相连，大我和小我密切相关，这就使文章的立意更高一层，主旨更加深远。

（沈秀娥）

春色第一枝

第一缕春风是从哪里吹来的？

秧歌。

第一声春雷是从哪里响起的？

秧歌。

秧歌是窝蜷过沉闷的冬天后，第一次舒展腰身；秧歌是喑哑过漫长的冬天后，第一声放声吼喊。舒展腰身的汉子婆娘还嫌自己的腰身太低太矮，一意想把冲天的志向舒展到九霄云端去，于是手里就有了一绫比阳光还要鲜艳的红绸子。放声吼喊的汉子婆娘还嫌自己的嗓音太低太弱，于是胯上就挂了一个能敲出雷声的西瓜鼓。腿一踢，脚一甩，红绸子旋舞开来，乘风飘扬，像是要翩翩欲上高天仙界。臂一扬，手一挥，西瓜鼓响开来，隆隆轰鸣，像是雷神在唤醒贪睡的山水。

秧歌是歌，开春第一歌！

秧歌是舞，开春第一舞！

开春？对，不是迎春，不是贺春，就是开春，名副其实的开春！开春的那个开，不是开门的开，开门太小气；不是开垦的开，开垦太陈旧。开春的那个开，应该是开辟的开，开辟新天地；应该是开创的开，开创新日月；应该是开拓的开，开拓新时代。这秧歌一扭，歌声飞，舞蹈旋，开春了！

紧随春光而至的是欢呼雀跃蜂拥而至地开：开朗了，天地间的迷雾岚烟散去，豁然辽远开阔，一望无际；开明了，日月靓照，草木鲜绿，花朵竞妍，明丽明媚明快明澈；开心了，手不再凉，脚不再冻，头上的那两片耳朵不用再捂在棉帽里，堵塞得听不见溪水潺潺，鸟鸣啾啾；开头了，一年之计在于春，一个崭新的岁月铺开了白纸，可以描绘最新最美的图画，可以书写最新最美的文章，绘好第一笔，写好第一句，有了良好的开端，才会有良好的未来；开赛了，人勤春早，你追我赶，要早一分一秒把希望的种子播进肥沃的土壤，而且万物都在竞相萌芽，竞相生长，昨晚还是草色遥看近却无，今晨已经万条垂下绿丝绦。天下是个大赛场，城乡都是大赛区，田野里在赛跑，草原上在赛马，都市里在赛车，海洋中在赛艇……赛，比赛，竞赛，无处不在开赛，无处不在开春！生机蓬勃，蓬勃向上的春天，在秧歌的歌舞中回归大地，处处都在写新作，谱新歌，绘新图。

是啊，扭起秧歌来开春，春意迸发，春意磅礴，春意繁盛人间！

因而，秧歌的歌，不能在歌楼上唱，歌楼太小，盛不下那激扬苍穹的声响；秧歌的舞，不能在舞台上跳，舞台太窄，载不起那波澜壮阔的奋跃。秧歌的舞台宽阔无垠，是乡村的打麦场，是都市的大广场。大年的腿脚还在严寒的风雪里艰难拔步，德高望重的老奶奶，已把老花镜架在鼻梁上一针一线地缝制万民伞了。黄色的绸布缝做伞冠，象征皇天后土；红色的流苏垂挂伞沿，象征光芒照耀。伞边也不空白，各家各户长老的名字都要刺绣在上头。这家忙着绣伞盖，那家忙着预置鼓。西瓜鼓放在火炉边上缓缓烘热，让牛皮绷得展展的，鼓槌轻轻一敲就能发出震耳的轰鸣声。尘封的红绸布旧了，扯来光鲜泛亮的新绸缎，放下来是红红一堆火，撒开去是烈烈无数焰。还有更忙的，做高跷，扎竹马，糊旱船，裱龙灯……，一切的一切都在往前赶，赶光阴，赶年节，赶在除夕到来之前必须万事俱备，万无一失，万人称心。

似乎还是那么遥远的大年，眨眼间就耸立在面前。穿戴一新的人们吃过年饺喜眉笑眼地走出家门，涌向打麦场，涌向大广场，簇拥着秧歌登场亮相。满天晴亮却有惊雷响起,不是雷声,是鼓声,鼓乐声里秧歌队曼舞着来了。不是琼楼玉宇,却有仙人下凡,手中红绸一扬,恰似高天霞光落尘寰。脚步轻盈,双脚踩十字,不仅脚踏实地,还要十全十美。排列成行的舞队,蹦跳着前行,变化着花样,样样寄托着人们的厚望。忽而,前后交叉走阴阳,走出黑白太极图,走向中庸和谐的美景。忽而,前行后随卷浪花,卷出疾风,卷出浪涛,还要乘风破浪挂云帆。忽而,首尾重叠布成阵,阵营密实,众志成城,犹如铜墙铁壁。忽而,舞步细密,钻进钻出,像是枝繁叶茂,乱花迷眼;像是五谷丰登,欢欢喜喜收获,收获了再欢欢喜喜播种……

当然,这秧歌,或紧或松,或收或扬,都离不开伞头引领。伞头是指挥,却不是趾高气扬地挥手甩臂,同样也在舞蹈,而且舞得最灿亮,最夺目。无论舞步是快是慢,是高是低,手中都擎着那把万民伞。因而,这指挥不称指挥,只称伞头。伞头和指挥似乎作用相近,意思却迥然不同。伞头高举的是万民伞,万民伞是为平民百姓遮风挡雨的伞,是为平民百姓遮热挡寒的伞。秧歌队跟着伞头走,就是跟着自己的夙愿而奔走;秧歌队跟着伞头舞,就是为着自己的幸福而起舞。

秧歌队走着舞着,走出大场,走进家户,无论院大院小,逢门必进,每家每户都要留下激越的鼓乐,留下合欢的舞蹈。每家每户笑着把秧歌队迎进来,送出去,比笑容还灿烂的是剥开皮的核桃,洗干净的红枣,还有周身金黄的梨子和染着红霞的苹果。那都是欢迎秧歌队的,招待秧歌队的。

秧歌进院干什么?

禳灾,赐福。

原来,早先的早先,这秧歌并不称作秧歌,而是叫作禳歌。禳,是祭祀,是祭祀天地君亲师,是祈祷消除灾殃,是祈求祛除邪恶。先祖渴望国泰民安,渴望五谷丰登,渴望六畜兴旺,渴望安居乐业,但是，倘要灾殃降临，疾病缠身，一切都会化为乌有。先祖祈盼把渴望变成现实，把命运寄托在天地君师亲那里，禳歌就是虔诚的祭祀，真诚的祈盼。祈盼天地君师亲把浩恩凝结在那顶万民伞上，庇佑天下风调雨顺，庇佑世人健康无恙。因而，那把象征福佑的万民伞必须走进家家户户，禳歌走进家家户户也就是必然的必然。不知从何时，禳歌蜕变为秧歌，但无论名称咋变，实质未变，内涵未变，那歌声和舞蹈始终延续着古老的精魂。

秧歌承载着千秋万代的祈盼，那祈盼浩浩荡荡，如热流，如热潮，如热浪。热起来，能让长空变成热天，能让大地变成热土。看吧，秧歌一扭，严寒在消退，积雪在融化，荒草在发芽，秃山在泛绿，花朵在含苞，千沟万壑，千山万水，都诚心诚意捧出——

春色第一枝。

赏 析

文章巧妙地将春天充满希望与勃勃生机融进秧歌之中，表达了对秧歌的赞美之情，并透过秧歌写人们对未来的希冀和对美好生活的向往与坚信。

综合运用多种表现手法是这篇文章的一大特色。文章一开始就用了设问，引出本文的写作对象，激发读者的阅读兴趣，奠定本文的感情基调。除此之外还有夸张，如"西瓜鼓响开来，隆隆轰鸣，像是雷神在唤醒贪睡的山水"；排比，如"开春的那个开，应该是开辟的开，开辟新天地；应该是开创的开，开创新日月；应该是开拓的开，开拓新时代"；拟人，如"紧随春光而至的是欢呼雀跃蜂拥而至地开"；还有对偶、引用、拈连、分类描写、动作描写、场面描写、叙述、抒情、长短句结合等等。

不同的表现手法有不同的优点，灵活运用多种表现手法，可以将自己所见、所想、所感，很通畅地表达出来，熟练掌握运用修辞方法，会给文章增添活色。

（沈秀娥）

长满阿凡提的大地

离新疆还很遥远，新疆的形象就已在我胸中建树起来。这里的遥远不单指距离上的，还有时间上的。新疆建树在我胸中时，我还是小学校里急于要戴红领巾的孩子。而我进入新疆时红领巾已无法将我拴在教科书的围墙里，我而立了，不惑了，随着火车的缓缓进站，我穿越漫长的辽阔到达了乌鲁木齐。开始用童年建树起的形象，解读新疆的大地。

最早为我树立新疆形象的是阿凡提。常常和阿凡提相伴的是一头毛驴，毛驴踢踢踏踏的蹄音，总是和他的笑声杂糅在一起。他笑时，逗弄得我笑。他不笑，也逗弄得我笑。学识和年龄一样浅显的我，搞不清阿凡提笑声的渊源，更搞不清那笑声里饱含的烈风暴雪、大漠孤烟、绿洲草原和人世间数不尽的苦辣酸甜。可是，那笑声却如同语文书里的"更上一层楼"，不断拓展着我的肢体和思绪。

能品出阿凡提那笑声里的滋味，是而立之后有了独到的见解，再不把别人的动机当作旋转我这个陀螺的动力。哪怕转得再慢，或者干脆停转，也要用自身的能源驱动独立的自转。这时候，早就植根于心灵里的阿凡提，更添了百嚼不厌的活力。

阿凡提是一位智者，并且他那智慧是与生俱来的。那时候他很小，小得和我戴着红领巾的岁数差不多。我还匍匐在地呼喊万岁，他已敢在国王头上耍弄了。事情是由国王的儿子引起的，他炫耀全国人见他爸都得低头。这么炫耀，无外是想震住阿凡提，让他乖乖屈颠在自己后头。没想到换来的却是阿凡提不屑一顾的笑声,你爸见我爸也要低头。国王的儿子不信,问你爸是干什么的。阿凡提一本正经地回答,理发的。不是智者哪会有这么精明的回答?往后小智者长成了大智者,不再是国王的儿子奈何不得他,就连国王也不得不甘拜下风。国王终于有了个给阿凡提下马威的好点子,不知是他冥思苦想出来的,还是媚上的下属奉迎给他的,总之他觉得准能刁难住阿凡提,不然肯定不会叫他来。

国王的问题是,大地的中心在哪里?这个问题在国王看来大得不能再大,在阿凡提看来却小得不能再小,他略施小计就弄得国王目瞪口呆。把国王弄得目瞪口呆的还有阿凡提那头小毛驴,它抬起一条腿把蹄子磕打下去,地上印出一个圆点。阿凡提指着圆点说,这就是大地中心。国王何言?国王无言,只能无言。

在我眼里,阿凡提不仅是一位智者,还是一位勇者,要不他为何敢于戏弄国王?上次国王遭戏弄,是国王自找苦吃,这次却是阿凡提送苦上门。阿凡提进宫面见国王时头戴一顶华丽的帽子,说是价值千枚金币。大臣都说不值,阿凡提却说你们懂什么,天下只有国王一个人认识这顶帽子的价值。国王一高兴,真出千枚金币买下了。买是买下了,可还想趁机捉弄一下这个大伙儿公认的精明人。他给了阿凡提一张纸,要他画幅画。阿凡提哪会画画?可他拿到纸左描右画,还真像是画画。不过,呈递给国王的仍然是一张白纸。国王生气地问,你画的这是什么?阿凡提不慌不忙地回答,羊吃草。国王问,怎么不见羊呢?阿凡提答,羊吃饱肚子跑了。国王问,那怎么也不见草呢?阿凡提还是不慌不忙地回答,草被羊吃光了。羊跑了,草吃光了,不是一张白纸还能是什么?国王愕然,国王无奈!别人见了国王磕头叩拜,阿凡提竟搞得他愕然,搞得他无奈,没有胆量哪敢这般?阿凡提确实是一位骨头不会打弯的勇士。

写下骨头不会打弯,马上就觉得言过其实。阿凡提的骨头不只会打弯,而且弯得幽默而无奈。头一次打弯,是对狼无奈。牧童的羊被狼叼走了,气愤地问阿凡提,世界上有没有不吃羊的狼?阿凡提苦笑一声答,有。牧童问,什么狼?阿凡提说,死狼。回答得真幽默,可是再幽默,他也承认无奈,斗败狼不是易事。再一次打弯,是面对石头。阿凡提上了年纪,朋友来看他,安慰他要服老,不要再像年轻时一样干活。阿凡提笑笑说,老是老了,劲头和年轻时一样大。朋友不解,他指指院子里的石头得意地说,你看,我先前搬不动,现在也搬不动,劲头不是和年轻时一样大?语气得意,其实无奈,是委婉地承认无奈。由此沉思,人搬不动石头,更搬不动比石头大得多的大山,就不会狂妄到要移山填海的地步。

阿凡提的聪明是大聪明,大聪明是该聪明,聪明;不该聪明,不聪明。阿凡提的勇敢是大勇敢,大勇敢是该勇敢,勇敢;不该勇敢,不勇敢。对日月经天不敢耍聪明,天何言哉?四时行焉;对江河行地不敢耍勇敢,地何言哉,百物生焉。阿凡提是敬畏天地的大聪明,是不违自然的大勇敢。

那聪明和勇敢犹如新疆的歌舞。新疆人能歌善舞,歌声阔朗奔放,舞步起伏跌宕。听着新疆的歌声,看着新疆的舞蹈,想到的是风中的树。新疆的树,随风而舞,摇摇摆摆,起起伏伏。风大,大舞;风小,小舞。哪一棵树也不敢停下舞步,停下了就会被风摧折筋骨。顺势而为,顺势而生,新疆的人个个如同新疆的树。

新疆不是每一个地方都长树,荒凉的戈壁不长,寂寥的沙漠不长,炽热的火焰山不长。似乎用"贫瘠"就能说明不长树木的原因,然而,若要是把地皮轻轻一揭,火焰般喷射的是石油,几乎要自燃的是煤炭,滔滔不绝的是天然气,更别说还有悄然隐身的黄金。谁还敢轻易断定新疆贫瘠?新疆是富有的,只是将富有潜藏在荒凉贫瘠的服饰里面,偶尔才把极少的财宝抖落给世人，给他个意想不到的小亮点。

由是，新疆有了妩媚曼妙的云中天池，有了风吹草低的白杨沟牧场，有了将蓝天白云拥抱在怀的喀纳斯湖，有了绿洲明珠般的哈密和吐鲁番。这两颗绿洲明珠，一颗以哈密瓜闻名遐迩，一颗以葡萄干扬名远近。瓜和葡萄，早已不是新疆的专利，自从卫青、霍去病的铁骑旋卷而过，自从张骞的驼队悠然而过，甜蜜的种子就撒播开去。黄土地、黑土地、红土地，都有了瓜果飘香的秋季。可是，有哪家的瓜和葡萄敢与新疆的相比？比甜比不过新疆，比香比不过新疆。甜与香之美、之最，都成长在新疆，都成熟在新疆。不过，打开那成熟的法宝，可不是谁人都敢试身的，那法宝是刻骨铭心的炼狱。

炼狱？炼狱！

这炼狱是昼和夜的奋力合围，是热和凉的交替夹击。热起来，热得烈焰漫卷，像是要将人旋卷进去，炙烤成肉干。凉起来，凉得如秋深夜阑，披上棉衣也不觉得温暖。人们笑谈，围着火炉吃西瓜，说的就是这落差极大的气候。这热和凉就在白昼与黑夜间轮回交替，大热大凉，忽来忽去，大起大落，备受折磨。折磨着人，折磨着物，大大小小的禾苗皆逃不脱这般煎熬，瓜与葡萄岂能例外！可这大热大凉、大起大落的煎熬，没有热烂瓜果，没有冻坏葡萄，反而让它们凝结出罕见的甜、罕见的香。还从那香甜里飞出了一首歌：

新疆是个好地方！

这美妙的音韵里，欢悦着动人心弦的旋律；这动人心弦的旋律里，欢悦着阿凡提幽默的笑声。那笑声清纯而又繁复，有戈壁骆驼刺的坚毅、有沙漠胡杨树的刚劲、有天山云杉林的挺拔、有冰峰雪莲花的芬芳，有草原无名草的柔韧……这些苦难炼狱出来的生命，犹如祖祖辈辈繁衍生息在这里的新疆人。天地的辽远和灵秀化作新疆人的胸臆，气候的火热和冰洁化作新疆人的性情。这胸臆和性情喷射出来，就是将苦难转化为快乐的谐趣人生。

毫无疑问，谐趣人生就是由众生品格聚合而成的阿凡提。

新疆大地，长满了阿凡提，树和人到处是！

赏析

巧用过渡，是本文的一大特色。

关于新疆，可写的地方很多。作者选取了一组材料：印象中的新疆、新疆民间故事、新疆歌舞、新疆的树、新疆的煤炭和石油资源、新疆的著名景区、新疆气候、新疆人民等，多角度向我们展示了新疆风貌。这一组材料虽然都统一在"新疆"这个大主题之下，但就材料本身而言，彼此之间并没有太大的联系。作者精心设计了一个一个过渡，将这一系列材料巧妙联结起来，一气呵成，浑然一体。

文章从小时候读到的阿凡提的故事起笔，一下将遥远的新疆拉到我们眼前：原来新疆和我们的距离，如此之近。接下来写来一组阿凡提的故事，然后作者写了一句"那聪明和勇敢犹如新疆的歌舞"，过渡到写新疆歌舞；又从"新疆的人个个如同新疆的树"，过渡到写树；从"新疆不是每一个地方都长树"，过渡到资源；用新疆"偶尔才把极少的财宝抖落给世人，给他个意想不到的小亮点"，过渡到吐鲁番、哈密等著名景区；从瓜果如此香甜的原因写到昼夜温差过渡到新疆的气候。文章最后总结"新疆是个好地方"，尤其点出生长在这片土地上的人们心胸开阔、聪明睿智，和开头阿凡提的故事遥相呼应：阿凡提的故事是新疆人民在长期劳动、生活过程中创造的，他的故事是这片土地上人民的故事，他的幽默、聪明、勇敢也同样是这片土地上人民的真实写照。

可见，在写作中用好过渡，能够使文章更加连贯，结构更加严谨。

（沈秀娥）

痛饮石柱一碗酒

石柱是个县,是重庆下属的一个土家族自治县。

土家族爱喝酒,石柱的土家族也不例外。而且,别人喝酒用酒杯、酒盅、酒樽,他们不用,统统不用,用的是碗。酒杯、酒盅、酒樽,都不够大,装不下他们的海量。初来乍到,我就是如此简单推断。然而,扑下身子切入他们的世界,才知道不是这样,是酒杯、酒盅、酒樽,装不下土家族人的历史,装不下土家族人的气度。因而在石柱,无论乡里城里,无论男人女人,无论主人客人,喝酒一律都用碗。一个粗粝的陶碗,盛满芳香扑鼻的烈酒,双手一捧,对嘴猛饮,待酒碗高过头顶,那就是一饮而尽。

豪爽,真真豪爽!豪爽得像是与梁山好汉一个模子里脱出来的。

我以为,这么理解土家族的大碗酒就触到了这酒文化的独特本质。岂知,往志书里一瞥,顿觉汗颜,这纯粹是捕风捉影,纯粹是主观臆断,即使被指责为"以小人之心度君子之腹"也不为过。大碗喝酒的风俗隐匿在遥远的历史深处,隐匿着一个守土如命的悲壮故事。

故事发生在春秋时期,气势汹汹的蜀军洪水猛兽般涌进巴国,祖宗安身立命的土地岂能这么轻易葬送?抵抗,挺身抵抗,浴血抵抗!然而,弱难胜强,寡不敌众,巴国的城池一座一座被攻下,土地一块一块被吞并。覆巢之下焉有完卵,山河破碎,国土殆失,何以面对先祖?何以庇荫子孙?军情火急,不容迟疑,头领巴蔓子连夜飞奔,直入楚国去搬救兵。楚君倒是答应,然而提出个条件,打退蜀军要巴国惠赠三座城池。三座城池相比国土殆失，当然有利，巴蔓子爽口应承。强大的楚军开赴前线，以雷霆万钧之势，赶走了蜀军，收复了失地，完整了巴国。可喜可贺，值得欢庆！然而，就是这欢庆把巴蔓子推到了生命的绝境。

楚军大胜，巴国设宴犒劳。酒宴正酣，楚君索要三座城池。巴蔓子一诺千金，当然不能食言。可是，若要惠赠出去，岂不还是割裂了祖先留给后世子孙繁衍生息的土地？一向豪爽的巴蔓子犹豫了，低头默然，良久不语。楚君再问，巴蔓子豁然站起，拱手相拜，拜毕即道："楚君宽谅，恕我贸然以国土许诺……"

楚君何等聪明，不等巴蔓子再往下说，即问："你要食言？"

巴蔓子回答："不敢食言，愿拿吾头换回三座城池。"

楚君惊愕，目光惑然瞅定眼前这魁梧壮汉。只见巴蔓子顺手掂过一只碗，喝令侍从倒酒。酒满碗盈，巴蔓子双手举起，痛饮而尽，手臂一挥，咔嚓作响，大碗碎成陶片。随着陶片的飞溅，一道寒光闪过，锋利的宝剑划过脖子，鲜血溅满酒席，巴蔓子轰然倒地。

楚君伏地长泣，抱住巴蔓子的尸体，浩然长叹："以身殉国，以身守土，义君，义君！"

言毕，不再索要城池，撤兵归国。

大碗喝酒就起始于巴蔓子那碗酒，那一碗舍弃生命换取国土完整的酒。在土家人心里，于酒碗粉碎的声响中倒下的巴蔓子，站着是一座高山，倒下去是一马平川。巴蔓子的身躯与粉碎的陶片，与陶片上沾染的酒渍，搅缠在一起，胶合为一体，大化为土家族对土地，对山川，对河流的大爱。自此，喝大碗酒，喝摔碗酒，相沿成习，直至今日。

风雨剥蚀，海枯石烂。先前征杀时锋利的戈矛早已锈迹斑斑，先前门扉边高大的杉树早已倒地腐枯，先前屋檐上威严的翘角早已飘散成凄风里的粉尘，先前巍然落卧的吊脚楼早已淹没在泥土深处……沧海桑田，桑田沧海，斗转星移，花落人变，岁月风尘不知消逝了多少代，多少辈，但是唯有一样没有消逝，这就是喝大碗酒的风俗。每一个土家人都铭记着巴蔓子，铭记着那位用生命换取脚下水土的先祖，那位泣天地惊鬼神的先祖。偌大酒碗盛满的何止是酒，还有他的大义、他的风骨、他的魂魄。大碗酒里容纳着土地、高山、河流、丘壑、原野，土家人喝下这碗酒，对水土、对家园的挚爱便渗透进骨髓里，流淌在血液里。别处的酒，只能暖暖身子，壮壮胆子，顶大也就是再添点生活的味道，而土家族这碗酒，绝不这么世俗，是在养身、养气、养志、养精神。

因而，土家人过年喝酒，喝大碗酒；过节喝酒，喝大碗酒。喝成了子子孙孙相沿成习的风俗。喝过酒，下田去，务植绿，大田园绿到大山根前还在往前绿。喝过酒，上山去，务植绿，高山绿到星月边沿还在往上绿。绿得山也清水也秀仍在绿，天天绿，月月绿，岁岁绿……

因而，土家人结婚喝酒，喝大碗酒；生孩子喝酒，喝大碗酒。喝成了祖祖辈辈传续的风俗。这一辈喝过酒干的事，下一辈接着干。下一辈喝过酒干的事，下下辈接着干。辈辈都喝大碗酒，辈辈喝过酒都去画山绣水。画得山也清水也秀还在画，绣得山也清水也秀还在绣……

画来绣去，点染得山川处处美，阡陌日日新。如今的石柱像是一幅立体画卷，无论你从哪里来，都绿得赏心悦目。你从低处来，头上是绿的；你从高处来，脚下是绿的；你从水上来，岸边是绿的；你从陆路来，田里是绿的。绿得从荒寒北国来的人，艳羡得眼睛里能流出垂涎。绿得从秀媚江南来的人，也禁不住咂嘴吐舌，自愧弗如。由衷感叹，这里的绿才是最本真的绿、最悠远的绿、最恒久的绿。绿得古朴而新颖，绿得资深而清纯，绿得后浪推前浪，绿得无声胜有声……

第四辑　穿越沧桑任驰骋 / 139

浸染过这方水土的浩瀚的绿色，禁不住想讨要土家人美化家园的生态经。这生态经嘛，说复杂还真复杂，年年岁岁前人栽树后人乘凉，世世代代留得青山在不愁没柴烧……从根到梢，唠唠叨叨，三天三夜也说不完那些枝枝叶叶、花花果果。说简单也真简单，就是先祖巴蔓子当年喝过的大碗酒。大碗酒贯通着历史经络，强壮着山鋆骨骼，平和着川流气血，提振着后世精神。说着，主人已掂过碗，斟满酒，敬你喝，你说这酒该喝不该喝？

喝，当然应该喝。那就喝，干净利落地喝，慷慨激昂地喝，端起碗，举起臂——

痛饮石柱一碗酒！

赏析

这是一篇文化色彩浓郁的散文，通过探寻土家人大碗喝酒的历史渊源，对其先祖舍己守土的崇高行为表达由衷的敬意。

首先，作者是通过石柱土家先祖巴蔓子的事迹，表达这种敬意。作者先从正面直接写巴蔓子：蜀军进犯，国家危急，巴蔓子作为当时石柱土家首领，许诺三座城池去楚国搬兵救国家于危难之际，故事结束时，巴蔓子以生命报答楚国施救之恩，终保国土完整。为了突出巴蔓子把国土完整置于生命之上的这种品格，作者用了大量细节，详细描写了巴蔓子殉国前的心理、语言、动作等活动，把一个勇猛、高大、令人敬仰的英雄写得生动、形象。

其次，作者通过两个侧面向英雄致敬。作为这个故事的后续，作者又写了巴蔓子殉国之后的事情，其一是当时向巴蔓子索要土地的楚王"伏地长泣""浩然长叹""不再索要城池，撤兵归国"；其二是此地百姓为纪念巴蔓子，"喝大碗酒，喝摔碗酒，相沿成习，直至今日"。

楚王当时的反应和百姓世代的纪念都是巴蔓子行动、精神影响的结果，也流露出对巴蔓子的无比敬仰之情。

　　这篇文章是游记的另外一种形式：探寻景观背后的历史文化背景，既挖掘了景观的文化内涵，又增加了文章的厚度和广度。

（沈秀娥）

第 ⑤ 辑

捡起落叶就是诗

一片落叶随风起舞,随风飞翔,飘飘悠悠,悠悠飘飘。旋舞在空中时,是行人眼里美妙的风景;落在地上呢,很少再有人注目留意。切莫忽视地上的落叶,她带着春夏秋冬,带着风霜雨雪,带着悲欢离合,捡起来就是一首动人的诗。

麻　雀

麻雀死了。

死得真可怜。尖利的硬嘴巴断了，腮边的绒毛洇过血，结了痂。身子瘦枯了，干瘪的肌肤丧失了依附力，风一吹，羽毛散了，随风飘落。

唉，麻雀本来不应该死，它却死了。面对着自己，它却盯住了一个好斗的对手。都怪那面镜子，我家新房墙上那面闪光的小圆镜。

小圆镜同别人家一样，是新房落成时山墙檐角的装饰物，没想到却给那麻雀带来了杀身之祸。

不知道麻雀是什么时候飞来的，不知道麻雀是怎么逗留在镜子前面的，不知道麻雀是怎么恼火的，我看见它时，它早已和镜子里的自己搏斗多时了。稍微退后点，张开翅膀扑上去，尖尖的嘴巴啄得镜面"砰砰"响。斗一阵，又退后点，扑上去……我先是好奇，继而好笑，看着那麻雀奋勇厮杀的劲道，我不知道该赞赏它的英勇，还是指责它的愚蠢。

但有一点可以断定，我看到的那麻雀，和那麻雀看到的自己肯定不是一回事。在我眼里，小圆镜里里外外都是那麻雀。在那麻雀眼里，镜中的自己正是张牙舞爪的仇敌。不然，它为什么一次又一次凶猛地扑去？斗累了，那麻雀喘息着退后来，站立不稳，卧在一侧。如果就此走开也是生路，偏偏喘息未定，那麻雀又愤怒地冲上去，斗开了。

我知道这么恶斗的后果，拼命的麻雀必然会拼掉性命。真可怜这生灵，我挥挥手，把它赶走了。只是，一转脸那雀又飞到了镜子前面，斗上了。我又赶它，又赶它，它又回来，又回来！我真恨不得守在镜前，一会儿也不离开，可是，总有那么多事要干呀！

麻雀终于倒下了，再也没有起来。

麻雀，当初你为什么不对着镜子里的"同伴"唱歌跳舞呢，友爱会延长你的生命呀！

赏析

一只小麻雀，把镜子里的自己当成了敌人搏斗，最终浑身是伤地死去。作者感慨：这只麻雀，如果不把镜子里的自己当成敌人拼搏而当成朋友跳舞，那将是一个多么美好的画面。

我们每个人在生活中都经常会遇上一些小故事、小感慨，用心记录下来，同样很有价值。

（沈秀娥）

我家的老瓮

村里有井,井水凉沁。泉水、井水都可以吃,担回来积攒进瓮中,吃完又担。

水完了装水,粮完了装粮,面完了装面,米完了装米,装满了又吃,吃下去,吃完了,又装……这就是庄稼人的日月。

庄稼人的日月在瓮里,瓮也就做得很好。上口圆,下底圆,中间肚子鼓得圆。圆得自然、柔和、流畅,浑然一体。外面又上了彩釉,黑则黑亮,黄则黄灿,不只是好看,隔湿防潮,美观实用。

装粮的瓮在家里,装水的瓮在院里。水瓮放在院里,春夏秋好过,冬日难熬,数九后会结冰,冰厚了会冻破。常常早上做饭,瓮上冰厚,舀不上水,要用厨刀背轻轻敲开。也有防冻的法子,打一张厚厚的草席,将瓮通体围实,水就不结冰了。

那一回,我在院里盘兔子窝。先挖土掏坑,掏着掏着,小铣碰到了硬处,往边移移还硬。移着掏着,看出了是一张石叶。石叶是用来盖瓮的,光滑厚重,盖在瓮上老鼠拱不开,咬不烂,有歇后语说:老鼠咬石叶——白磨牙。我叫了几个伙伴,费尽力气,掀起石叶,果然,下面有口瓮,是个老瓮。

无意的发现,掀开了尘封的岁月,从瓮里跳出个悲痛的故事。

老瓮是老爷爷埋的,夜里埋的。夜里埋是怕人知道。偏偏隔墙有眼,老爷爷的秘密有人看到了。看见他挖土埋瓮,又往里面装了细软绸缎,暗暗笑了。

老爷爷看不见暗夜的笑脸，弹净身上的土，放心睡了。第二日一早，唤醒家人，挤进人流，朝姑射山中逃难去。日本鬼子打过来了，杀人放火，村里人全跑了，跑进了山旮旯里。

山旮旯里的人抬头不见低头见，一窝里钻着。忽一日，人们发觉少了大锁。大锁哪儿去了，谁也不知道。一日、两日、三日，几天没踪影。有了音信，是大锁的音讯，吓死人的音讯。大锁被日本人吊在村头的柳树上，肚子让刺刀挑了。树上还挂个包袱，鬼子说大锁私藏财宝，不给皇军，挑了他示众。

大锁在树上死了，臭了，鸟儿闻了味来了，挤挤攘攘地吃。鬼子待鸟挤成一团，放了枪子，一枪轰下来了一筐笭。就这么，飞鸟吃大锁，鬼子吃飞鸟，直到把大锁吃成了一具骨架。鬼子砍断绳子，骨架落下来，喂了狗。

老爷爷从山上回村时，柳树上的包袱成了烂布条，可那烂布条的兰花花分明有些眼熟。待到天黑，悄悄地掘土，嗫嗫地掀了石叶，老瓮空了。老爷爷哭了，拍着自己的头泣道：

作孽啊——作孽！

赏 析

这是一个那个年月的悲剧故事。鬼子入侵，百姓逃难，逃走时将一些贵重物品埋在地下。一起逃命的大锁因私藏财宝被日本鬼子发现示众，老爷爷回村后发现原来大锁私藏的财宝，竟然就是自己当初埋在地下的家当。

从故事中可以看出，所谓的财宝无外是全部埋在一个瓮里的绸缎服饰。虽然那个年月绸缎是很珍贵，但把其作为家庭最珍贵的东西埋在瓮里，可以推断出这些所谓的财宝并没有多少。用来包裹财物的兰花花包袱印证了这些财物的量并不是很大。但就是这些量不大的财物，值得老爷爷在晚上悄悄地埋在地下，值得大锁冒着生命危险去拿它，结果大锁惨遭杀害甚至示众，老爷爷也失去了全家赖以生存的家当。

　　文章展示的最大的悲剧并不在老爷爷和大锁，而是隐藏在故事的背后：到处逃难的百姓生存状况该有多么艰难？辛辛苦苦几辈子攒下来赖以生存的物品有多少"被上交"？丢了财物的老爷爷一家将如何生活？还有多少百姓被随意杀害？这些作者都没有在文中交代，但透过这些文字，我们看到的东西比文章本身更触目惊心。不忘历史，方能珍惜今天；珍惜今天，方能不懈进取，方有美好明天！

（沈秀娥）

一条井绳

　　一条井绳维系了一个以德报怨的故事。

　　这绳子是条井绳,我家的。来借绳子的是斯文老汉。老汉是外乡人,姓啥叫啥很少有人知道。只因读书识字,人称斯文。斯文原是教书的,要不是反右可能会一直站在讲台上。讲台是他得心应手的地方,偏偏把他打发到汾河边种田来了。他身瘦力弱,抡几下锄,便呼哧哧喘气。斯文老汉病了,邻居给了他一颗鸡蛋,却没热水冲。吃食堂了,家家不点火,不搭锅,没奈何,他只好去食堂。食堂掌火的是二货,二货三代苦贫,都不识字,也烦人识字。接了斯文老汉的碗,看一眼,火从心起,猛一扔,那碗碎在当院里,鸡蛋糊了一地。还骂:

　　吃你娘的脚!

　　斯文老汉含着两眼泪,低下头走了,在屋里躺了多日。

　　众人都说,斯文老汉人善。是善,不善又能怎么?还斗得过二货那红人。二货因扔了他的碗,立场坚定,更红了。

　　不过斯文老汉借绳的时候,二货也塌了架,因在食堂挨过锅,众人揭发他多吃多占,"四清"队把他关了起来。

　　斯文老汉借了绳,拴了桶,从井里打水。井绳有个钩,钩头有个夹,夹住桶系,桶不会掉进水里。桶下到水面,上头要甩绳,不甩吃不上水。斯文老汉一甩,没吃上水;再一甩,还没吃上水。这是咋回事?又使劲一甩,桶碰处软绵绵的。不对呀,停住手,低头往井里一瞅,像是个人。一喊,应了,竟是二货。

二货哭了，斯文老汉慌了。

正是寒天，二货掉在冷井里了，还不冻死呀！叫人快捞，这井离村半拉里地，来不及。不叫，凭自己那点力气，吊桶水还喘息，怎吊得上人来？没顾上多想，斯文老汉豁上命了。

他喊二货钻进空桶里，抓紧绳子，使劲起吊。不是吊，乡亲们说吊水都是拔水，拔得好费劲。绳子上了一尺，斯文老汉出汗了；再上一尺，喘气了；又上一尺，脸红了，腿软了，牙也咬得眼珠鼓圆了。他使尽了力，井绳却不见往上。自觉拽不住了，要往下掉，腿一弓，坐在地上，仰着身子，一寸一寸往上拉。还有二三尺，却一点儿也拽不动了，揪紧，一点儿也不敢松手。松手，二货便又栽下去了！也该二货不死，有人来担水了。二货得救了，斯文老汉瘫倒了。

二货又被带回去，头头审他，为啥跳井？他说，不想活啦！问他为啥不倒栽下去，他答想落个整尸。再问下去为啥不死，二货哭了，说想老婆娃儿们。

事情过去了，斯文老汉歇几日，又喘息着干活了。

运动过去了，二货没事了，又硬朗成个人模样了。

此后，斯文老汉没再借过井绳，二货来得比先前勤了。后来才知道，二货给斯文老汉送水，一直送到他不再喝水了。

赏 析

这是一篇叙事散文。井绳是文章的线索，这个线索串联起三个阶段的故事：第一阶段，善良的斯文老汉因病才得到一个珍贵的鸡蛋，拿去食堂冲时被掌火的二货把碗摔在院里，并且被当众辱骂，含泪离去；第二阶段，二货跳井自杀没死，斯文老汉救了二货；前两个阶段的故事和第三个阶段有着直接的因果关系，最后一个阶段相当于前两个阶段的总结与交代：二货被感动，每天给斯文老汉送水。生活中以怨报德的事情虽然也有，但毕竟占很小的比例，更多的时候，我们能看到的还是一个美好故事背后的美好结果。

二货和斯文老汉两个人物的做法，在这篇散文中显得非常重要，每一个人物的做法都预示着事情的走向。作者通过细节描写生动体现了人物的做法、心理变化，故事结局也就水到渠成。二货不是坏人，但缺乏独立思考，因三代贫苦不识字，见到识字的就生气，因而摔了斯文老汉的鸡蛋，还粗鲁地骂了他；斯文老汉原是教书的，身瘦力弱，但对这件事的处理上也仅仅只是含泪走了，"在屋里躺了多日"，再无其他。这就为下文的发展埋了伏笔。当斯文老汉去救井里的二货时，一连串的动作、细节描写，如"脸红了，腿软了，牙也咬得眼珠鼓圆了""腿一弓，坐在地上，仰着身子"等，使得这个瘦弱教师的形象一下高大起来。故事结束时二货给斯文老汉送水的事情也就顺理成章，符合故事发展的逻辑。

细节描写、动作描写、心理描写等是叙事性文章塑造人物形象时常用的手法，熟练掌握、灵活运用这些手法，对于写作是非常必要的。

（沈秀娥）

捡豆记

我捡起一粒豆子。

星期日一人居家，办完生活琐事，理应进书房忙碌了。步入客厅，却发现那光洁的地板上有一粒黄豆。黄豆形只影单，孤零零的，显然是妻做饭时不慎抖落的。我立即弯下腰去，将黄豆捡起。

捡起了，就想把黄豆置于它的同伙中。可是，又不知安顿它们的器具是何物？在何处？库里巡视一圈，不见；厨里跑了一趟，不见。只好折身返回库室，又仔仔细细搜罗。那些大口袋、大物件显然都不是，黄豆不是食物的主旋律，家藏不会太丰厚，因而就往小处探觅。可小盆小罐都看过、摸过了，就是没见豆子。但是，我肯定豆子是有个安身之处的。于是，重新审视。这一回是不能只在小处着眼了，要在大处着手，不意，这一手还蛮灵，在一个大面袋下面，圆鼓着黄豆的家族。显然，因为不多食用，才让它们在底层屈就。于是，这一粒黄豆终于归顺了它的大本营。不知它的感觉如何？我的心轻松了好多。

直起腰来，目光正对着墙上的挂钟，我看到为这一粒黄豆，整整耗去半个小时的光阴。不是说一寸光阴一寸金，寸金难买寸光阴吗？那么这一粒黄豆有多高的价钱，竟然值得我挥洒掉金子般的时光？这么不合算的账我为啥不曾算过？

真是愚人。

我的憨愚历来已久了。初晓人事，就在农田里滚爬。第一次捡麦穗是多大岁数，记不起了，在烈日下，右手一穗一穗捡起，左手一穗一穗对齐，左手捏不住了，才在田边揪起一撮嫩草绑住，放在垅上，弯腰又捡。汗不住地流，手却没有空隙，胳膊就不停抬起，用衣袖在脸上蹭去。辛劳了一上午，过秤时，社里的那位老保管说：

"十五两。看把娃热的，算上一斤。"

老保管照顾了我，那会儿的秤十六两才算一斤。我蹦跳着回家，风从我的过处凉起。

从那时起，我和田地就结下了缘分。日后，大了，不仅仅收获，而且还播种、耕耘。因之，粒粒皆辛苦的诗行，不是播在我的记忆里，而是播在我的血脉中。我血脉也就演绎出捡豆的思维和举止。

我承认自己憨愚。

那么，下回见了黄豆还捡吗？

捡！回答是肯定的。我也不明白，明知不合算，为啥还非这么干？

赏析

本文通过对人物行为的描写，让人感受到文中作者的心理状态。描写自己捡到豆子后，却不知放置何处那手足无措的样子，更是将人物心理感受刻画得入木三分。从而引出"真是愚人"的感叹，忆起童年的经历，对现在的行为影响深远。文末作者自嘲"我也不明白，明知不合算，为啥还非这么干"？看似不解，实际上已在文中埋下答案，等待读者的思考。

贫瘠的岁月里，有烈日下弯腰捡起的麦穗，有劳累过后凉风吹过的喜悦，于是有了粒粒皆辛苦的记忆。因为有过珍惜，有过思考，所以童年充实而有意义，精神并不会因生活不易而贫瘠。作者捡拾的不是豆子，而是为了捡拾一份记忆，捡拾一种美德。

(沈秀娥)

那座荒寺

出城东去，直一程，弯一段，往上爬呀爬呀，爬着爬着，忽然一落，落在了一湖翡翠的边缘，也就到了涝河避暑山庄。

山庄当然在山里，在临水的库边，挖了一眼眼土窑。这窑，冬暖夏凉。酷伏时节，进得门来，不开电扇，不见空调，热汗立马就落了。落得个秋凉般地爽快，因而，挺招引人。

来这儿不是一回了，周围的景物算上熟知了。这日，忽而又听了个新奇的地方——懒泉寺。

懒泉寺？

知道的寺庙不少，碧云寺、灵隐寺、广胜寺、大云寺……唯独没听过这么个讨厌的名字，不免生奇。好奇地探问，竟问出个熟透了的故事。故事的意思大家都知道：一个和尚担水吃，两个和尚抬水吃，三个和尚没水吃。而且，还有人拍了影片，让那口舌中的人物活脱在银幕，不仅国人生笑，把人家老外也逗乐了。所以，还捧回个国际大奖。可是，何曾想这故事就在咱身边起根发苗。

不过这故事却比往日口舌和银幕上的情节要曲折。三个和尚没水吃，不是这儿的结尾。或许是寺里有住持的原因，或许是住持不甘没有水吃，采取对策，让三个和尚轮流担水。因而，三个和尚串通一气，找一根木桩，顺泉眼深插进去，堵死了流水。而且，可能将木头插好后，还在外面糊封了淤泥，因之，掩遮了住持的双眸，造就了一眼枯泉。

听得我怦然心动，攀着山沿去寻那寺院。转过一道弯，又一道弯，山巍巍的,坡陡陡的,远眺近观,就不见个庙的影子。问及路人,说早过了。退后来细看,见坡里有个亮点。近得前去,果是一眼小泉。涓涓水流,涌动出来,汪成一泓。始知这就是懒泉,那山头上就是庙院了,可是仰头再看,仍无寺影。爬上山头,四处翻拣,才刨出几块灰青色的卵石,明白了这肯定是寺庙的根基。寺庙荒废了,消失了。消失是正常的,既然断了水源,没了起码的生存条件,佛法无边也没法超度苦难了。住持、和尚,顿作鸟散。无神之庙,岂有不败之理?

没有消失的是那泉,泉水腐毁了木桩,穿透了拥塞,又清清亮亮面世了。可惜的是,这清亮的精灵,竟蒙染浊污,被世人指为懒泉。懒泉何懒之有?

同理,那寺庙的原名同寺庙本身一样,已消失在岁月里了。懒泉寺留传下来了,因为它耐人咀嚼,回味难尽。

赏 析

短文精致小巧,没有故作玄虚,也未讲述宏大道理,简单平铺直叙,却仍然引发读者思考。诚如作者在文末所言,"耐人咀嚼,回味难尽"。

故事是薄的、轻的,思考却是深厚的。懒泉寺已成荒野寺庙,几块灰青色的卵石,印证着寺庙曾经存在。似乎文意已现,只是在简单地表达,一切坚固的东西都将烟消云散了。但此时作者笔锋一转,出现了"没有消失的是那泉,泉水腐毁了木桩,穿透了拥塞,又清清亮亮面世了",再次引发读者思考,升华了文章主题。

懒泉寺已成历史,但懒泉寺的故事却留存下来。岁月穿梭,能在时光中留下的不一定是有形的物质,而是无形的精神与思想。不需要多么高度的知识含量,多么广阔的知识视野,只要心中有诗、有故事,无论身处何时何处,我们的心里都会有一汪清亮亮的泉水。

(沈秀娥)

怀云小记

地域不同，景物不同，风光也不同。

我生在北方，长在北方，看惯了北方的云。北方的云，有时白，白的如蓄蜡凝银；有时黑，黑的如浓墨染卷；有时薄，薄的如轻纱缕丝；有时厚，厚的裹严了长天，遮实了艳阳，给人一种暗无天日的冷遇。至于，日出日落的时分，浓红的日色则把云装扮得或红或黄或橙或紫，美艳得光彩夺目。这云，白也好，黑也好，薄也好，厚也好，日出日落也好，无论何种姿态，何种容颜，总给人一种感觉：高远。自小我就以为，云是天的娇物。

年过而立，才去过南方。没想到南方的云还有不同于北方的另一种模样。那是在福州的鼓山，正回环于柔肠般的山径，忽然有云絮飞来，轻烟淡雾似的，却飘浮得极快，转眼间遮峰隐壑，天地间成了云的世界。有一团抖开裙袖，正向我等恋来，就觉得轻风盈耳，凉凉的可爱。再看时，那云，以及那一大群云们却转身去了，舞着走着忽而就去远了。这才知道，云还可能是身边的游伴。

那一回，云是伸手可捉了。在香港下榻于九层楼上，是夜有雨淅沥而歌，晨光中却淡阳染窗。在室中踱步，忽觉室外有人窥视，可如此高处何人有腾空之技？抬头看时，好奇难已，是云光临了！贴着玻璃恋恋地不肯离去。我极想开窗邀云，请她落座，聊笑天空事体，又恐毁了她的肢体，散了她的神韵，作罢呆看。不一时，云渐渐去了。

去远的是云彩，留下的是云韵，离港好久了，眼前时常还有那轻盈飘舞的云。偶一日，翻览一书，书载：东坡先生山居也喜看云，一日忽见云起云奔，如群马腾飞，顿时兴起，急忙取来木箱，揭盖收云。待云蓄满，方搬回居室启盖放出，据说，满屋云絮飘飘舞舞，亦真亦幻。读至此，大悔，悔当初居港，没有开窗收云，与云同舞。企盼再去南方，若有云机，且不可轻易坐失了。

后来，南方是去了，去过多次，偏偏再没遇到妙云临窗的机会，莫非真是：机不可失，失不再来？

赏析

这是一篇写景的文章，描写对象是云，作者写了北方的云、福州鼓山的云、香港窗外的云、古人关于云的记述，几个不同场景中云的颜色、姿态和变化。语言优美，写作手法灵活。

文章用得最多的是比喻。写北方的云"白的如蓄蜡凝银""黑的如浓墨染卷""薄的如轻纱缕丝"；鼓山云絮"轻烟淡雾似的""有一团抖开裙袖"；在香港时"有雨淅沥而歌"，而书中记载东坡先生遇到的云则"如群马腾飞"等。

拟人也是本文使用较多的修辞，像云"贴着玻璃恋恋地不肯离去"，还有"一大群云们却转身去了""舞着走着忽而就去"等，都鲜活了文章。

（沈秀娥）

玫瑰枝

我在故乡痴迷于玫瑰花时，根本不知道这炸开一蓬繁花的枝干，竟然会指令历史变更行进的方向。

那时候的我不算很幼小，上了学，正读一年级。学校大门口是一条宛若绸带的母子河，河边上杨柳依依，莺鸣雀叫。春天总是从那儿到来，再往四处蔓延。每逢这季节，下课的钟声一响，我和同学们就飞快地跑到河边，不为别个，都是去看那艳红得有些发紫的玫瑰花。

母子河边的玫瑰论株数不多，就一簇，却是不可小看的一簇。弄不清这簇花繁衍了多少年，枝枝杈杈，蓬蓬爹爹，拥塞了一个河湾。千万莫数那梢头的花朵，数过百，数过千，数过万，也未必数得清。我们围在花簇旁边指指点点，叽叽喳喳，你说这朵大，他说这朵艳，甚至为之争争吵吵。不过，很少有人摘花，原因在于玫瑰枝干上有刺，稍不留神就会扎破手。同学里喜爱摘花的不少，尤其是粉嘟着脸蛋的女孩，时常会掐一朵小花插在黑亮的头发上，给自己添一点俏丽。但是，她们即使面对玫瑰花垂涎欲滴，也不敢轻易伸手。玫瑰花用满身的利刺捍卫着美丽开放的权力，从含苞待放，到恣意怒放，再到随着春风花瓣零落于母子河的清流里，没有人敢去遭扰那妖艳的花魂。

可是，有一个人竟然拽下了一杆玫瑰枝。不过，玫瑰枝没有扎伤她的手，却令历史一阵战栗偏移了魑魅的方向。这个人名叫郑毓秀，她与我的故乡无缘，她摘下的玫瑰枝是巴黎花园的。时在1919年6月27日夜晚，玫瑰枝将在这个夜晚绽放出祖祖辈辈都没有经历过的光彩。可世事的起点绝不在这个夜晚。起点是巴黎和会，说是和会，其实是在磨刀霍霍瓜分第一次世界大战的果实。参加大战并荣膺胜利阵营的中国，自然应该分得一杯奶酪。然而，非但没有，还要将德国侵占山东的各项权益转让给小日本。中国代表面对列强言辞犀利，据理力争。但是，三寸之舌怎么也斗不过恶魔的利齿，条约将屈辱武断给了中国。是可忍孰不可忍，担任代表团联络和翻译的团员郑毓秀愤怒了，她将信息传递出去，鼓动留学生到中国代表团驻地游行请愿，试图制止认可条约的行为。然而，书生的呐喊即使气冲霄汉，面对强势的兽性也无力回天。中国代表团的团长陆征祥接到国内的授意，竟然要前往凡尔赛宫在那屈辱的条约上签字。时间一分一秒过去，一落笔将成千古恨。就在这危急时刻，玫瑰枝登场亮相了。

确切地说，是玫瑰枝只登场而没有亮相。玫瑰枝是随着郑毓秀登场的，此时陆征祥已穿戴完毕，正要跨出卧室。郑毓秀破门而入，用坚硬的衣袖顶住他，厉声喝道："你敢去签字，我这支枪决不会放过你！"

陆征祥的胸膛已被硬邦邦的利器戳到，倘要是再向前跨一步，说不定就会倒在血泊里。他愣怔地站了一会儿，无奈地后退，叹息着坐在沙发上。郑毓秀退回门口守候，寸步不离。时间就在这守候里过去，那个夜晚陆征祥没敢出门，中方代表终归没有在那屈辱的条约上留下可耻的笔迹。

历史就这么改变了踉跄的脚步，陆征祥却不知道顶住他胸膛的不是枪支利器，而是一段带刺的玫瑰枝。

回望儿时，我幼稚而无知，以为玫瑰花的一身利刺只能护卫自己绽放美丽的权力，却不知道那花簇还有这不平凡的壮举，会在危急关头挺身而出，捍卫我们国家的尊严。如今明晓了这段往事，我敬慕玫瑰枝，当然更敬慕将玫瑰枝作为武器的巾帼英杰——郑毓秀。

赏析

这是一篇歌颂民国传奇女子郑毓秀的文章。郑毓秀的传奇很多：中国历史上第一个女博士、女律师，第一位女性省级政务官，第一位女性地方法院院长，第一位女性审检两厅厅长，第一位参与起草法案的女性，第一位非官方女性外交特使，但最辉煌的则是在用玫瑰枝逼停《巴黎和约》上中国代表的签字。要用很短的篇幅写这样一位传奇人物很不容易。作者巧妙地选择了一个中介物——玫瑰枝，很轻松地完成了对英雄的致敬。

玫瑰在文章中有着多重作用：首先是借物喻人。玫瑰热烈艳丽却满身是刺，凛然不可侵犯。这实际是写郑毓秀的品格，不畏列强势力，拼死捍卫祖国尊严。她身上散发出来的力量，可以震慑到很多人；其次玫瑰是郑毓秀逼停签字时所用的工具，这就从另外一个层面将二者联系在一起。

文章前半部分着力写玫瑰的特点，实际是对郑毓秀品格的侧面揭示。后半部分则正面写郑毓秀生命中最精彩的部分：先写时代背景，为其出场做好铺垫；再详细写当时情况的危急，中国代表据理力争无效，留学生游行请愿无效；代表团团长接到国内授意，即将签字，形势千钧一发。此时郑毓秀出场，以一枝玫瑰力挽狂澜。运用这种侧面和正面相结合的写法，使材料的选择和详略恰到好处，让歌颂对象光彩照人，给人留下很深的印象。

（沈秀娥）

秋日拾遗

秋日是一年四季最为丰富多彩的季节，最为赏心悦目的季节。农人喜其果实的丰饶，游人喜其阔野的风光，诗人喜其遍地的灵感，画家喜其缤纷的色彩……上穷碧落下田园，无论何人都有沉甸甸的收获。我无意与大家争抢果实，俯仰捡拾一些遗漏在天际阡陌的零星杂碎，集束在一起，名为：秋日拾遗。

大 雁

小学课本里的大雁，仍在天空飞翔。年复一年，飞过了狩猎时代，飞过了农耕时代，飞进了工业时代和智能时代交叉的领空。大雁依然不改旧日模样，划过蓝天的还是原来课本里的诗行：

一会儿排成人字，
一会儿排成一字。

有研究者说，排成人字是搏击气流的需要，互相借助"尾流的涡旋"，可以省力。

那排成一字呢？

也是为了借助"尾流的涡旋"？未必。那到底为何排成一字？至今无人给出答案。

秋天的课题很多，智能时代也有智难能、智不能的问题。这些问题飞翔在大雁的行列里，也散落在大雁的行列外。

不去追踪大雁，也有追踪不完的物事。

向日葵

向日葵朝着太阳转，这是尽人皆知的常识。转，逐日而转，是向日葵纯情的努力。从破土而出，从嫩芽萌生，从撒叶成株，即日出而转，日入而息。似乎一年有三百六十五个日出，向日葵就有三百六十五个逐日。追逐太阳，仰望太阳。向日葵像个痴情的幼童，一刻也不愿离开母亲的视野。

慢，且慢。

向日葵早已终止了逐日的转动。

在籽粒饱满的秋日，向日葵独立田畴，岿然不动。秋天赋予向日葵独立意识。而且，不再仰望太阳的向日葵俯首朝地，像是鞠躬叩拜，不舍昼夜，日复一日。

有人指责，向日葵辜负了照耀自个成长的太阳。

有人赞美，向日葵在答谢哺育自个成长的大地。

难道答谢和辜负势不两立？向日葵无语，似乎是用短暂的生命写照天地间的法则，仰望、独立、朝拜、可以集为一体。天不嫉妒地，地不嫉妒天，人呢？

水 稻

水稻成熟了。

成熟的水稻以稻穗为标志。稻穗的成熟，不只是颜色的变化，不只是绿色不再绿，分明是过了那么一个温煦而不酷烈的中午，阳光并没有刻意地涂染，稻穗便黄了。而且，不是外在的镀金，而是骨子里积蓄了足够的含金量。

含金量的注入，让轻飘飘的稻穗开始变得沉重，渐渐沉甸甸的了。沉甸甸的稻穗，不再像往日那样趾高气扬，那样抛头露脸，而是谦恭地低下了头。稻秆也随着稻穗的谦恭弯下了腰。

这就是水稻的成熟。

这成熟仅仅是恭谦吗？有没有对往日趾高气扬的反思？有没有对往日抛头露脸的羞惭？

水稻不是行为艺术家，只有行为。

风和云

风和云在秋天合作得最为美妙。

年少时看《小朋友》杂志，封底有幅画，画的就是风和云。下面的字是：风跑累了，躺在云上休息。

记住这话是觉得好，好在哪里不知道。长大了才知道，好在这是最简单易懂的诗句，这是最深奥无穷的哲理。

风还会躺在云上休息？

会。

风躺在云上休息，准是秋天。春天的风最讨厌云，云遮掩大地，遮蔽阳光，让久久盘踞的寒冷禁锢大地，固守阵营，不肯离去。风，不赶走云，春天就无法温煦大地。

因而，春天的风和云势不两立。

风，费尽气力，连撕带扯，总算把云驱赶走了，还给春日一个晴朗朗、清亮亮的天。可不多日夏天来了，日头毒热毒热，热得地上的万物无不渴望撑起一把巨大的伞，获取阴凉。当然，最适宜的巨伞莫过于乌云。可是，被风赶跑的云居然使开小性子，就是龟缩着不露头。不论风如何抚慰云，逗弄云，云依然不理不睬，看样子这铁石心肠要顽固到底。看看酷烈难耐的世间，风发怒了，鞭笞着云惊慌失措地跑，失魂落魄地跑。跑得黑云滚滚，跑得天低云暗，却总算遮掩了长天，遮蔽了酷热。

秋天，风与云和解了，和解成了亲密伙伴。风跑累了，可以躺在云上休息。云跑累了，可以乘着风远行。

秋天这才天开地阔，日丽气爽。

石　榴

石榴身上浓缩着苹果、梨儿、葡萄，以及很多很多秋果的品质。

春日一暖，这些果树即发芽长叶，紧随着蕴苞绽花，不多日花谢挂果。小小的果，如米粒，如珠玑，一天天长大，长大，长得不能再大了，就过滤些阳光的颜色，往脸上轻轻涂抹。涂抹出任何美人也无法涂抹出的颜色，不红不紫，不娇不淡，天然去雕饰就是这个样子。

一个个圆溜溜挂在树梢，美得令人垂涎欲滴。

可这垂涎欲滴的美来之不易，不能说经春历夏再到秋，石榴和这些硕果要经受过九九八十一难，但是也可说，每一日每一时都有毁容丧生的凶险。且不论别的凶险，仅就小青虫而言，早早就想用枝叶和青果填饱自己成长的欲望。要不是黄鹂，要不是喜鹊，甚或，要不是乌鸦的呵护，别说修行出罕见的美貌，硕果们随时都有夭折的危机。

投我以木桃，报之以琼瑶。匪报也，永以为好也！

这不是先人在《诗经》里的咏唱，而是石榴和那些硕果品格的写照。外在的美艳、内在的香甜，似乎都是为了还报。请黄鹂，请喜鹊，亦请乌鸦来赴一次秋天的盛宴。最盛情的莫过于石榴，担心请来的贵客无法尽情饱享内在的甜美，干脆咧开嘴、敞开怀，将满腔珠玑淋漓尽致地呈现出来。

乌鸦飞来了，啄起一粒石榴籽，再啄起一粒石榴籽，品咂着甘甜飞走了。飞往大山外面的原野，和它一同飞走的还有石榴的儿女们。

再一个春天来到，乌鸦撒下的种子就会发芽，石榴的儿女们就会在另一爿原野上安家落户，继续延续家族的品质。

落　叶

进入秋天，树叶不再是群居在树木怀抱的孩子。它们享受树木滋荣，和保鲜树木滋荣的日子即将过去。离别的时刻到了，无边落木萧萧下，就是对这个时刻的形象描画。

这时候才清楚，把树叶比喻为树木的孩子有些不恰当。孩子有传宗接代的功能，树叶没有。承担传宗接代功能的是种子，种子早在树木和树叶共同供奉的滋荣中成熟了，远走了，正在积蓄活力，准备生发新的生命。

树叶的离开是永别，是在和树木永别，也是和光明的世间永别。树叶的目标是落地，零落，还要零落成尘碾作土，和大地融为一体。从大地吸取过乳汁的树叶，最终将还原为大地的乳汁。

凡是离别都不无伤感，树叶呢？

树叶的情感都很缠绵，缠绵在牢牢牵紧树木的衣袖，没有劲风的撕扯绝不撒手，片片都依依不舍。

不过，再依依不舍，再感情缠绵，树叶也不会违拗既定的规则。从下至上，从大到小，循序落地。一片、一片、一片片，脱落，脱落也是呵护，为呵护比自个儿晚来的那些小兄弟、小姐妹，而甘愿先行脱落。

这就是秋天的树叶。

这就是落叶的法则。

落叶的法则维护着树木荣枯的规律，没有一片树叶，因贪恋梢头的滋荣而投机取巧，而毁坏信誉。纵然是一千年、一万年，落叶永远恪守着不变的秩序。

我想捡起每一片落叶，寄给每一个人，嵌进镜子里，每天面镜鉴容时都可以用落叶比照自己。

赏析

作者用大雁、向日葵、水稻、风和云、石榴、落叶，最能代表秋日特色的六个意象，组成以秋天为主题的一组散文。

天很高很蓝，白色的云朵飘荡，大雁在天上飞，地上向日葵是明黄色的，石榴叶子是绿色的，果实是红色的，水稻金灿灿的，五彩斑斓的落叶随风在空中飞舞。六个意象各从一个侧面描绘秋天，绘出了一幅秋天日丽气爽、色彩缤纷的秋景图。

在描绘对象上的不同，作者采用了不同的方法。"大雁"侧重使用疑问，提出了大雁为什么排成"一"字和"十"字的问题；"向日葵"侧重使用拟人，由秋日向日葵不再转动写到感恩，由物及人；"水稻"侧重以物喻人，写出谦逊的品格；"风和云"侧重使用拟人手法，写不同季节的不同形态；"石榴"侧重使用描写，描写出石榴果令人垂涎欲滴的状貌；"落叶"则使用拓展手法，有关于落叶形态的描写，有关于落叶和树木之间关系的拟人，最多的还是抒情，有一种伤感的情绪笼罩着文章，但最后，又从理性的角度升华了生命交替的意义。

在详略处理上，把从童年读书时就印在很多人心里的大雁作为开端，作为全文的开端，写得相对简略；以最能昭示秋天到来的落叶作为收尾，写得要精细很多。这样驾驭素材，使文章的旋律有快有慢，富有节奏感。

（沈秀娥）

第六辑 不用丹青画童年

赤橙黄绿青蓝紫,
哪一种颜色也鲜艳夺目。
那就用这些颜色把童年画出来吧!
不用,不用丹青画童年。
画童年有比赤橙黄绿青蓝紫更夺目的颜料,
什么?酸甜苦辣咸。
这颜料在哪里?
就在你我他的感情深处,
倾倒出来,就是童年最美的画卷。

短笛无腔信口吹

心爱的皮球

我有一个希望。

希望有一个皮球。最好是红、绿、黄各色扭成的花花皮球。我的希望在爸爸、妈妈口袋里。他们口袋里有钱,只要乐意给钱,我马上可以买到朝思暮想的皮球。我已经向他们诉说过我的心愿,爸爸、妈妈却没有马上允诺。我知道家里很穷,装钱的口袋圆的时候不多,不敢逼着大人买东西。奶奶说过,要买啥提前说,不要到了集上想到就要,大人钱不够,会丢人。奶奶的话我一直记到现在。

我怀抱着皮球时,大概是我有了希望的一年以后了。唯其得来不易,我才分外爱惜。皮球不就是玩的吗?在地上玩,拍拍打打的,我有点舍不得皮球落地,沾了土,还要轻轻掸去。我的皮球常玩常新,我的希望常抱常在。

希望之光召唤来新的伙伴,五奎上门找我来了。我明白他是看上了我的皮球,想拍打哩!对五奎我一向不大理睬,他虽然不比我大几岁,可是我们村的大名人。那时候从西面进村,必须经过乔家楼。五奎常常堵在乔家楼口,勒索比他小的孩子,有东西要东西,没有东西,非让叫他"爸——"不可。五奎的霸道,不少伙伴都头疼。我对五奎早有提防,当然不准他摸我的皮球。我把皮球紧紧搂在怀里,俨然是皮球的忠诚卫士。

谁料想,这一回我失算了。五奎根本不是要玩皮球,是要帮我逮螃蟹。把他的一片好心当作恶意,我真惭愧。我是个螃蟹迷,最喜欢弄上一堆螃蟹，看他们横行竖爬的怪模样。不过，螃蟹并不好捉，两个大钳般的夹子，弄不好会死死夹住指头，让人疼得龇牙咧嘴。尤其是掏螃蟹窝，常常遇到这种麻烦。更可怕的是掏出蛇，吓得人一蹦三跳，直冒冷汗。五奎热心帮助我，自然满心高兴。

  我和五奎朝河边走去。我一手提着小水桶，一手提着五奎的鞋。五奎真卖力气，高挽裤筒，跳进河里，弓着腰在岸边的小洞里掏啊掏。一只只螃蟹被他生俘活擒，甩上岸来。我连忙捡起，扔进小水桶里。五奎确实是条硬汉子，螃蟹夹住了他的小指，他不喊不叫，好像夹住的不是手指而是树枝。血一点点滴下，他还不慌不忙，硬是把螃蟹提到小水桶里。螃蟹一挨水，松了钳子，正要往水底钻，他一把捞住，伸手扳掉了半边钳子。然后，他侧身又跳进水里，手指上的血滴在水里，红红的血丝扩散开去。五奎全没当事，把手又伸进了螃蟹洞里。

  这是有史以来头一回大丰收。我那小水桶里再也装不下半只螃蟹。我和五奎返回村里，我在村边的大碾盘上倒了半桶螃蟹，调教它们。我拾起一颗土块，画了一个圆圈，命令他们不准爬出来。我右手握一条柳枝，哪个家伙要是越过封锁线，立刻就会挨一长鞭。有几个鬼东西爪子伸出来，没等我手中的柳条落下，慌忙缩回圈里。嘿嘿，好玩！

  要不是五奎叫我，我早忘记了他的存在。我看见他眼睛盯着我圆鼓鼓的口袋，当然明白他是想玩皮球。这还有什么好推托的，五奎捉螃蟹这么卖力，够朋友，不让他玩儿，太小气了。我掏出皮球，扔给他："玩去吧！"

  五奎也乐了，接过皮球在地上拍拍打打。我回过头继续调治螃蟹。这伙儿小崽子鬼精的，刚刚一下不照看，有几只爬出好远，我连忙挥"鞭"猛抽，把那些胆敢窜犯的恶魔一个个打退回去。我胜利了！

  我和群蟹的战斗一直持续着。

猛一回头，不见五奎了。他拿着我的皮球去了哪儿？我慌了，连忙四处去找。村里村外，大胡同，小院落，哪儿也没有五奎的踪影。我找到他家里，一把大铁锁挂在门上，很明白，五奎没回来。

我坐立不安，一会儿去五奎家一趟，晌午时分他家的门开了，还是不见五奎的面。五奎娘见了我，倒问起五奎的下落，好像我把他儿弄丢了。我告诉他，五奎拿了我的皮球不见了。她不信，我一点办法也没有，懊丧地退出门来。

玩螃蟹的兴致一点儿也没了。小水桶让鸡弄倒了，螃蟹们四处逃窜，公鸡、母鸡紧紧追赶，个头小、跑不动的被鸡逮住，坚硬的利喙夹起甩下，敲碎肢体，一口口吞下去。一幅弱肉强食的画面。我不再理睬它们，也无心收拾它们，死就死吧，跑就跑吧，死和跑都与我的皮球没关系。

我想皮球，一门心思想皮球。

一连几次去五奎家，都没见他。五奎娘慌了，已打发人寻找了。河沟里找了，水井里捞了，活不见人，死不见尸。五奎娘哭了。我也哭了。

五奎娘哭她的儿子。我哭我的皮球。

皮球回到我手上，已是第三天的事了。我见了皮球，真比五奎娘见了五奎还高兴。很清楚，五奎拿了我的皮球怕我要，躲到二十里外的姨姨家玩去了。五奎真鬼！

我很快发觉，皮球失去了原有的光泽，扔在地上也不跳了。手按下去，瘪陷的小坑好久鼓不圆。仔细一瞧，皮球裂缝了。

皮球坏了！

我的希望破灭了。

这希望破灭的缘由，让我想了好久好久。

赏 析

  这是一篇回忆童年的文章。通过一个发生在皮球上的故事，将两个孩子的形象塑造得活灵活现，充满童趣。

  本文娓娓道来，层层递进。先写我对皮球的渴望、见到五奎来以为他想借球的担心、一起去捉螃蟹时的开心与对五奎的佩服、找不到五奎时对皮球的担心，以及皮球回到手上却破了的伤心。看似不经意的叙述，却很为耐读。原因在于，作者善于使用细节描写：五奎捉螃蟹被夹破手的坚强细节，我玩螃蟹如痴如醉的细节，找不到五奎我和五奎娘一起哭的细节，五奎躲到二十多里外的姨姨家玩皮球的细节，都生动地再现了当时的情形。

  细节是叙事文章的生命。选出好的细节，文章就逼真了，鲜活了。如果缺少细节，只是情节的演绎，文章很难打动人。有人把真事写假了，有人把假事写真了。原因在哪里？在细节。认真阅读这篇文章，对于选择和使用细节会有益处。

（沈秀娥）

伤感的柿子

我不爱吃柿子。

无论多么好吃的柿子，我从来不启口。朋友们说我太看重身体，"男怕柿子女怕梨"嘛！其实，哪有那么玄乎的事情。我不吃柿子是因为柿子深深刺疼过我的自尊心。

小时候，我曾经是个柿子迷。我们村里村外遍地都有柿子树。谁也没有把柿子看成什么稀罕物。况且，柿子这东西很怪气，即使通体都红了，不经霜打，也还是涩巴巴的，摘下来不炮制根本不能吃。树上的苹果、梨儿常丢，柿子却很少丢，没见过谁家看护柿树。那会儿，我迷上柿子，也不是为了吃柿子，只是使小孩性子——玩耍。

三月二十八，麦穿柿子花。柿子树开花的时候，小麦也就吐穗了。一朵朵四方形的小黄花轻轻绽开，轻轻凋谢，轻轻落在树下的麦子上，碰巧了套在麦穗上，墨绿的麦穗便戴上了金黄色的项链，美得耀眼。这时光，我每天都在柿子树下捡那橘黄的小花。捡多了，穿在一串，成了一个橘黄色的花环。我往屋里一挂，顿时，屋里敞亮了许多。

柿子花一落，小柿子便成形了。不知为啥，柿子长到豆粒般大时，最肯跌落，地上撒了一层。许是柿子树不搞计划生育的缘故吧，开花太盛，结籽太稠，终于挂不住了，那些成果迟、果枝弱的便纷纷落下地来。落在地上的柿子豆，倒成了我的掌上明珠。我和伙伴们捡回一大簸箕，穿针引线，把柿子豆缀成一串，穿多了，两头一系，往脖子上一套，活像一串翡翠般的佛珠。我们一伙儿，一人挂一串，往柿

第六辑 不用丹青画童年 / 175

树下的溪垄上一坐，双目紧闭，两掌合十，一个个都成了活佛。

柿子长大了，挂满了一树又一树的疑团。我怎么也弄不明白，桃子、红果、石榴摘下来就能吃，柿子为啥不行呢？我斗胆试过，一口咬下去，涩得舌头都转不动了，尽管慌忙全吐了，还是难受了好半天。我向妈妈请教，妈妈说柿子去涩巴，要在温水里泡一夜。温水能去涩巴，凉水行不行？我在小溪里打开了主意，先在溪垄边掏了个小洞，流水很快灌了进去，再悄悄摘了几颗柿子放在水里。一天过去了，柿子没有变样；两天过去了，没有大变化，直到第五天生柿子才变成熟柿子，变得甜甜的，可好吃啦！我懂得了，凉水也能温柿子，只是时间要长些。

有一回，我刚刚摘来柿子，弯腰正往溪洞里塞，偏巧有人过来了。我怕来人发现我的秘密，慌忙挖了一大团河泥，把柿子全封在小洞里。封好洞口，我放心地去玩了。等我想起柿子，已是第二天了。糟了，柿子准捂坏了。我一口气跑到溪边，挖开河泥，掏出柿子，还好，柿子没有坏，捂得温热温热的。我一闪念，咬了一口，哟，好甜，柿子温好了。看来在泥里温柿子是个办法。

这意外的新发现调动了我更大的兴致。我好像要当温柿子专家似的，着了魔地瞎想。那次，妈妈要生火，打发我去抱麦秸。我往麦秸垛里一掏，里面热烘烘的。这一股烘热立即使我想到了柿子。我撂下柴筐，跳到一棵柿子树前，伸手去摘柿子。柿子树太高，我跳起来也摘不到。我想捡块石头往下砸，可附近找不到石块。我灵机一动，脱下一只鞋，用它代替石头甩了上去。用劲一猛，鞋扔到了另一棵树边，去捡鞋时，才看见树上倚着一根麻秆。麻秆梢头绑着短短的三角叉，这不是卸柿子的好工具嘛！我顺手举起麻秆便往下钩柿子。一颗还没钩下来，就听见脸前的玉茭地里有人叫喊。

没等我看清是谁，一个蓬头污面的婆娘就拽住了我的胳膊。那一只猩红的眼睛告诉我，她是村上有名的刁妇——单罩。我要逃脱已来

不及了。她捏紧我的胳膊往村里拽,边走边说:

"好贼娃子,怪不得柿子光丢,是让你个小害货给偷了!走,找你妈去。"

我被弄懵了,怎么摘几颗柿子就是做贼?早知道这样,给我个金元宝也不干。可是,一切晚了。我现在已被当作小偷,死死捏在单罩婆婆手上。我使劲辩解,她摇头晃脑一句也不听。更令人恼火的是,一进村,这赖婆娘就吊开嗓子乱喊叫:

"大家伙快来看哟,我捉了个偷柿子的贼!"

正是晌午时分,收了工的大人、放了学的孩子都在家里。听见叫喊声,呼啦啦都跑出来看稀罕,一街两行,把我们围裹在中间。单罩婆婆对着众多的人得意地叫嚷,我则像个受伤的俘虏,蜷缩成一团,不敢抬眼看人。在这么多的人面前丢人现眼,实在败兴。我难受难熬,心急火燎,要不是牙关紧紧咬住一颗泪珠,准会哭出声来。我根本没有想到温柿子会捅出这样的娄子。透过心底的泪痕,我看穿了死老婆子的祸心,那根麻秆准是她放的,她引我上钩,拽着我示众,杀鸡吓猴!这诡诈的婆娘可害苦了我。

是妈妈赶来,给那死老婆赔了不是,我才幸免了继续游街的灾难。回到家里,我再也忍不住满肚子怨愤,放声大哭。

边哭边喊:"我再不挨柿子了!"

的确,从此我再没有吃过柿子。

赏析

好的文章总有其吸引读者的地方,或在结构,或在辞藻,但想以一篇简短叙事的文章吸引读者的眼球,需要深厚的文字功底。该篇从头至尾抓住读者眼球,带着读者走入作者描绘的世界,堪称精妙。

柿子怎么会有情感呢？文章从题目便设下埋伏，引起读者兴趣。开篇又描写对柿子如何喜爱，柿子花是如何漂亮，孩子们如何借柿子豆玩乐。使得读者疑惑更浓，思绪万千，为何如此欢快的"柿子童年"，要以伤感为题。开局做了大量铺垫埋伏，又通过温柿子事件承上启下，埋下被单罩婆婆抓住的伏笔。最后解答了读者的疑惑，因为温柿子的小事被当众受辱，伤害到孩子的自尊，故以伤感命题。

故事的结尾不失温度，引发读者思考：如何做到不简单粗暴处理事情，如何保护孩童脆弱的心灵，培养其正确的观念？

本文的语言很美，尤其是前半部分关于柿子花、柿子的生长过程描写得温煦入微，"墨绿的麦穗便戴上了金黄色的项链""一朵朵四方形的小黄花轻轻绽开，轻轻凋谢，轻轻落在树下的麦子上，碰巧了套在麦穗上，美得耀眼"，小柿子"活像一串翡翠般的佛珠"等等，营造了清新、柔和、美丽的意境，读起来真是一种享受。文章后半部分的语言转换味道，变得冷静，甚至冷峻，写单罩婆婆的蛮横、我的悲愤与无助。前后不同的语言反差，凸显了"伤感的柿子"这个主题。

（沈秀娥）

羞耻的米尺

我这里所写的米尺，是一支学生用的小尺子。这尺子不过二十一厘米长，通体油漆得红艳艳的。小时学习常用这把米尺，按说我应该像珍视其他学习用具一样珍视它，但是，我却没有勇气将它保存下来，早已不知流落到何处去了。奇怪的是，这把米尺的遗失丝毫也没有减轻我心头的愧疚。

事情是从金殿镇的供销社里开头的。那天，我是去买作业本的。刚到供销社门口，就看见站在圪台上的二憨。二憨长得人高马大，粗胳膊粗腿，连手指也粗得胜过乌黑的钢笔杆。他是我们班的巨人。见我来了，二憨十分欣喜。他一把拉住我的手，躲到墙角里悄悄对我说："有把米尺掉在柜台缝里了，掏不出来。要能取出来，咱俩使唤。"

我知道二憨的手又大又笨，准不中用，是想让我去掏。我看他指点的地方，正在营业员的鼻子尖下，便连连摇头，不敢取。二憨鼓动我，要么先过去看看。经不住他的诱惑，我来到柜台前，往那窄窄的夹缝里一瞧，可不是，一支鲜红的小尺子孤零零地躺在里边。这一看，我竟然萌生了掏那米尺的念头。是可怜它的孤单呢，还是迷恋它的可爱，我弄不清楚，但掏出来的决心是下定了。

偏也凑巧，正在这会儿，有个小伙子一喊，那位女营业员红着脸出去了。不容迟缓，二憨站在我的背后像一道屏障遮住了后面那些人的视线。老实说，那小米尺确实不好掏，不然，营业员绝对不会看见它掉在里面而置之不理。那柜台不是现在镶玻璃的样式，青砖实垒，上面是一层厚厚的木板。日子一久,木板裂了缝,这缝隙不意成了小米尺的囹圄禁地。我把两个指头伸进木板缝里,想轻轻夹住米尺,夹上来。中指长,指尖还能勉强挨着米尺的瘦骨板,食指短,根本挨不着边儿。贪恋的中指一沾米尺的边,就不想出来了,鼓捣了几下,竟然让平躺的米尺侧起身板。食指连忙增援,这一回真派上了用场,两个手指密切合作,米尺被乖乖夹了出来。我乐,二憨也乐。我俩你摸摸,我看看,真比孙悟空得了金箍棒还要高兴。

我和二憨高高兴兴朝村里走来。快到村口了,俩人才突然想起一个问题,这米尺到底归谁用呢?给二憨吧,我不情愿,是我从柜台缝里掏出来的;我用吧,二憨又不乐意,是他先发现这个秘密的,一开始我还不想掏呢,这也不合适。我们两个坐在村口的老皂角树下犯了愁。商量来,商量去,最后还是按二憨的主意办,一个人使唤一星期。在决定谁先使唤时,我俩又争执不下,只得用儿时最公平的办法——"猜猜猜"。

"猜猜猜"是较量的双方都握好一个拳头,一边挥动,一边念叨,"猜——猜——猜"。三声说罢,拳头可以变成巴掌,这叫作"布";可以叉开两个指头,这叫作"剪子";也可以拳头不动,不过这拳头叫作"锤子"。它们之间的胜负关系是:布能裹住锤子,锤子能砸坏剪子,而剪子又能剪开布。较量开始,我恨不能一下砸坏二憨,便将硬邦邦的"锤子"砸下来。哪知,二憨不憨,展开的却是软绵绵的"布",一下裹住了我的"锤子"。我是失败了,眼看二憨嘻嘻笑着拿走了小巧玲珑的米尺,我好难过呀!

我对二憨说:"说话算数,到时就给我,要不就是小狗。"

二憨拍着胸膛说:"保险算数!"

二憨蹦跳着走了好远,我还在老皂角树下定定地站着。

这一个星期真难熬啊。以前盼过年,也没有盼得这么心焦火燎呀!

下了课，一看见二憨摆弄那红艳艳的米尺，我手就发痒。我想玩一玩，二憨不给，说："等着吧，再过三天。"三天，多么漫长的三天，我连听课的心思也没有了，脑子里装的就是米尺，甚至想，如果二憨那家伙要赖了账怎么办？米尺在他手里，去抢，我没有他的劲儿大，明摆着要吃亏……我终于想出了个好办法。

　　星期六的下午，轮着我和二憨这个小组打扫教室。倒垃圾的活儿，由我这个小组长分配给二憨。二憨端起簸箕一出教室，我便让同学们先走了。我三下五除二跳过去，掀开二憨的书包，把那火红的木条握在手里，看了看，匆忙塞在座位边的墙缝里。掩藏好，我把倒垃圾回来的二憨堵在了教室门口，向他要米尺。果然不出所料，二憨这小子赖账了，说米尺丢了。

　　我的心在笑，脸却绷得挺紧，逼着二憨去找，二憨一副为难的样子，装得蛮像回事。戏就这样演下去吧，你装我也装。我说了几句非要不行的大话，转身走了，是怒哼哼走的。我侥幸没有再败在二憨手下。我在母子河边的柳树下转了一圈，看着二憨夹着书包一溜风跑了，连忙窜进教室，把米尺塞进怀里，兔子般跑回家里。

　　夜幕降临了，小油灯刚点着，昏暗的光线里出现了二憨。二憨哼叽着说：

　　"米尺丢了。"

　　我不以为然地说："那会儿你不就说丢了吗？"

　　二憨愣住了，憋红脸："那会儿是哄你！"

　　看他那可怜样儿，我真想说："米尺在这儿哩！"可鬼使神差的米尺作怪，我怎么也张不开口。我说出来，米尺还会落在这赖皮手里。我记不清二憨怎么走的，我只记得米尺成了我的。我怕二憨看见，一直没敢往学校带。有时在课堂上画图描线，我只好记下作业回家完成。

　　渐渐地，我心里十分不安。尤其是那回，二憨握住我的手恳切地说："我丢了米尺，你不让我赔，你真够朋友，我不应该骗你。"我很不是滋味，只想大声对二憨说："米尺没丢，我拿着哩，是我的不是。"可是，我没敢说出来。一个人承认错误为什么这样难？

我不再喜欢米尺。

米尺被冷落在屋里了。

冷落的米尺没有了下落。

赏析

陆游说，文章本天成，妙手偶得之。文章的取材本就不该刻意，生活中的琐事也可入文，关键在于按照立意取材。

本文讲述自己和儿时伙伴因不懂事，窃得米尺使用，甚至因米尺而相互欺瞒防备。本是小孩子犯错之事，作者却通过跌宕起伏的情节，以及细致入微的心理描写，将读者带入故事。

文章的精彩之处在于全面的反转：

反转之一：文章情节，本是孩童小心翼翼窃得米尺使用，得到之后又不知如何分配，分配之后又没有按照方案执行……多次的剧情反转，跌宕起伏，引人入胜。

反转之二：人物形象，二憨一开始占小便宜，甚至有些孩童的赖皮心绪。但其恳切的言语，让人们又感受到其憨厚老实的一面。

反转之三：本文立意，孩童不懂事窃取米尺，甚至互相防备，本无从立意，但文章结尾简单的三句话忽然使得文章升华，可谓点睛之笔。

全文跌宕起伏，取材新奇，立意独特，很是巧妙。

（沈秀娥）

灰　筛

灰筛是用来筛灰的。

那年月日子很艰馑。烧火做饭焚过的炉灰不舍得倒掉，要用筛子罗过，将那细碎的煤核捡出，铲进炉子里再烧，还能做饭取暖。因而，灰筛是家家都有的用具。

灰筛对于我来说，筛灰是次要的，而捕雀才有无限的乐趣。

捕雀要在冬天下雪的寒日。雪越大越好，往地上厚厚盖上一重，再盖上一重，满地银白，风光亮眼。这时，麻雀却惨了，日子变得倍为艰难，觅不到吃食了，饿得乱飞乱叫。

灰筛的乐趣登场了。

扫开院子里的雪，将灰筛支在当中。支顶灰筛的柴棍尺把长，拴一条绳子，绳头在门里，抓在我的手心。远远瞅着，瞅见麻雀进到筛底，轻轻拉绳，灰筛便扣了下来，那麻雀也就乖乖被擒了。

麻雀并不憨，到灰筛下去是找食吃。若要没有吃食，不待你拉绳，转身就会跳出去飞走。因而，灰筛下要放些谷粒。这办法起初还行，用上几次，受过惊吓的麻雀不再往筛下钻，便不灵了。于是，只好在筛外撒些谷粒，一直撒到筛底。麻雀从远处吃起，吃着吃着，不知不觉吃到了筛底，吃进了圈套，成了笑料。

儿时，我笑得十分开心。

年过半百，回首往事，心里却沉沉的。总觉得人生也如一只小雀，一个无形的大筛就架在眼前，筛里筛外都是诱物，或是钱财，或是职位，或是名誉，吸引着我去觅捡。若是得意于觅捡颇丰时，肯定已在筛子下了，肯定有人因为我的得意而得意，甚而比我更得意。

那人是谁？是上苍？是时光？或许更像是需要秩序的空间。

赏析

文章所写的事情很简单：小时候以食物为诱饵用灰筛捕麻雀。由此联想到人生，悟出的道理也很简单：人的一生中会遇到许多诱惑，这诱惑如同灰筛一般是生命的罗网，必须足够自律才可。

两个看似简单的片段结合在一起，故事给我们足够深的印象，结论也给我们足够重的警示。类似的故事我们也经常经历，对于故事不同的处理会导致截然不同的结果，关键在于思考：没有经过思考过滤的故事，只是简单苍白的原生态状态；有了沉淀，有了感悟，即使平凡的生活也会变得深邃，发人深省。

（沈秀娥）

龙河纪事

滔滔的汾河水日夜南行,赶到尧都临汾,却不由放慢了脚步。西岸绿树连天,芳草茵地,林梢莺鸟啼鸣,草丛野兔窜逸,这景致吸引了那一脉水魂。

那汾河翘首观望的地方,就是我的家乡城居村。我们村庄的名字,很有点来头。上千年前刘渊曾在这一带建过都城,都城里有他的金銮宝殿,留下了现时的金殿村。紧邻金殿东南的村落当时住满了文武官员的眷属,他们可能是那会儿的城市居民,也就有了城居村。当然还有供皇家游乐的御花园——花园村,给官家磨面的官磴村……

我们村边有一条亮晶晶的小河。她从西山脚下蹦跳过来,在村西北角一弯,汩汩南流,奔汾河去了。我家住在村子西边,院子紧挨河沿。我常在河边玩耍,看着乡邻们下地归来,在河里洗一洗满头的汗渍,涮一涮浑身的尘灰,这么一洗一涮好像身上的困乏随水漂去了。然后,他们乐悠悠地朝村里走去。

夏天的夜晚,河边是歇凉的好地方。丝丝凉风轻轻抚来,擦干了人们的热汗,也卷走了想来偷袭的蚊子。吃罢晚饭,男人们来了,抱一卷蒲席,端一个茶碗,当然也还捏着个烟包油黑的旱烟袋。女人们来了,一手拉着孩子,一手拿着线架,线架穿着昨夜纺下的线穗,一边拉话,一边还要缠线呢!小孩们手里也不空,抱着个大枕头,别看他玩兴挺浓,一眨眼困了,倒在枕头上做梦去了。

我也常来河边歇凉,仰脸躺在蒲席上,哎呀,满天的星星朝我笑哩！我知道哪是北斗七星，哪是南斗六星，哪是牛郎星，哪是织女星，心里还装着他们的故事呢！故事是奶奶讲的，奶奶的故事好多好多，白天没空儿，只有夜里才能在河畔边缠线边讲。这夜，奶奶讲起了龙河的故事：

那年刘渊在金殿建都后，抓民夫修筑城墙，闹得四乡八村鸡飞狗叫。有一天，皇宫闯进个名叫橛儿的美少年。他要刘渊放了百姓，由他修筑城墙。刘渊不相信这娃娃的话，命他立了军令状，七天筑不好城墙就要杀头。百姓们都为橛儿担心，眼看七天要到了，还不见筑城的动静。谁知，第七天鸡叫时分，狂风大起，飞沙走石，刮得天也摇，地也抖。狂风吼叫了一个时辰，忽然停了，城墙也高高耸起。刘渊高兴极了，可又疑心这娃娃神通太大，日后会作乱，就派兵去捉拿。

橛儿闻讯，慌忙朝西面逃去。官兵们骑马紧追，追到姑射山下，眼看橛儿无路可走，连忙下马擒拿。忽然，橛儿倒地一滚，变成了一条银龙，直朝山脚的石缝钻去。官兵们挥剑砍杀，只斩断一尺长的尾巴，鲜血喷溅着流了出来。流着流着，艳红的血流变清了，变成了清清的河水。众人说橛儿是真龙的化身，把这河叫作龙河。

奶奶还说，至今姑射山脚下还留着变成石头的龙尾巴。我听了挺想橛儿，想去山下看看，看看那不断流水的龙尾巴。奶奶答应等我长大，带我去看。我使劲地长，恨不能像集上吹糖人一样，短瘦的一点，吹口气马上变得又长又圆。我虽然长得不快，总算长了些，能下河凫水了，龙河成了我的欢乐世界。

晌午时分，河里光屁股的娃娃挤成了团儿。我们扑在轻柔轻柔的河心，让水流在前胸后背尽情尽致地揉搓个痛快。我学会了凫水，狗刨，仰游，还有钻洞子。一个猛子钻进去，半天不露头，大伙儿的眼睛搜呀,寻呀,好半天,才从极远处的岸边冒出了水淋淋的脑袋。有时,不知该哪个伙伴倒霉,看得正入神,脚下猛被一扳,倒在水里。那个钻洞的家伙偷偷袭击了他。他不恼,爬出水,抹一把脸上的水花,嬉笑着撩水击打那个偷袭他的伙伴。那边也不示弱,掬水还击,围观的伙伴手早痒了,也弯腰击水。一场水战开始了,河里兵分两伙,赤条条的胳膊胡乱扑打。空中水花四溅,阳光把水珠染成五彩锦缎,如虹,如霞,罩在河上,待伙伴们累得停住手,马上虹收霞散,一片平和。

我们躺在水上休息,不摇不摆,任河水随兴漂流。脸正对着天,我看到天也像河水一样蓝,一样清。天河里也飘着一群小伙伴,那是一朵朵的白云,他们不摇也不摆,静静地瞅着,瞅着地上的伙伴……太阳忽儿隐到了云朵后面,水里冷了,凉丝丝的,我们一窝蜂地涌上河沿。嘴里上下牙磕打着,身上起了鸡皮疙瘩。谁也不敢停脚,沿河边撒腿跑步。不多会儿,身上热了,汗也流出来了。我们不跑了,伸手拽过一条垂在河沿的柳条,绾个圆圆的圈,说是"拴牛"。拴住牛就不会"放牛"了,放牛是指伤寒病。绾好圈,我们放心了。太阳又露脸了,我们光溜溜、黑油油的身上又痒痒了,这群水鸭子又扑到清水里。

龙河上头有座小木桥,桥不宽,刚能过去一辆铁轱辘车。车到桥边,车把式跳下来,拉着牛过河,只有我们对门的毛崽叔例外。他头上常拧条白羊肚毛巾,说是白的,实际早变成灰色的了。他坐在车上,扬鞭吆喝着"吁——哒吼,哒吼——"那黄牛不慌不忙走着,不偏不倚拉着车过了桥。毛崽叔左腿往右腿上一搭,鼓劲唱起了乱弹:

……
不饶不饶是不饶,
王朝马汉抬铡刀。

......

他嗓门粗，公鸭般地吼叫着，我们都哈哈笑了。我们一笑，毛崽叔更上劲了，扬手甩个响鞭，黄牛一颠一颠地跑着，他一声一声地吼着。

有一天，毛崽叔蔫巴巴的，没赶车，也没坐车，肩上担着两筐粪。有人问："毛崽，车呢？"他嘟囔着："卖——了。队长说要（跃）进哩，点灯不用油，拉车不用牛了。"

我好奇地问："那用啥拉东西？"

毛崽叔拍拍黑亮的肩膀："这家伙顶着。"

说着一摔担子，去河边洗汗水了。

我们不管牛车卖不卖，只要不卖小木桥就行。桥上是我们的跳水台。伙伴们在桥上站好，一跨步蹦进水里，钻个洞子游出好远。跳水的高手要数连奎了。他比我大几岁，身上滑溜得赛过泥鳅，一扑弄跳得又高又远，使起绝招还能在空中鹞子翻身哩！跳水的高潮是"下饺子"，这是我们的专用名词，大人们根本不懂是干啥。说明了也简单，就是我们在桥上排成一溜，一个接一个跳下河去。一霎时，河面叮叮咚咚，水花喷溅，泡沫四起，像是往锅里倒饺子，可要比倒饺子壮观多了。

娃娃们喜欢耍水，大人们喜欢看娃娃们耍水。晌午时分，河沿上的树荫里挤满了人。年轻人站着指指画画，像是评价我们凫水的好赖。老年人坐个马架，摇着蒲扇眯眼看着。也有抱孩子的婶子、大娘，嘻嘻哈哈地说笑逗乐。别看我们光着屁股，谁也不嫌难看，不囔我们害羞。可是，女娃们就没有这种自由和福气。小河只是男娃的自由世界，我记得偏亲便因为下水遭了难。偏亲是我们班里的小八哥，说话铜铃般响，走路风一样快，她胆子比别的女伴大，老师让同学上堂算题，男娃们还犹豫，她却"腾腾"地跳上去。那回下水，她是偷偷去的，穿

188 / 短笛无腔信口吹

着衣服躲在僻静的小鳖湾，还是被人瞅见了。村里人稀奇地传言：

"啧啧，五狗子家那女子真野，下河了。"

"嘻嘻，小骚货！"

很快，这事儿全村老小都知道了，我们也跟着瞎起哄，远远看见偏亲就喊："娃——女子！"偏亲听了不再朝这边走，拐进身边的胡同溜了。但是，溜到哪儿也能听到这刺耳的喊叫声。这事竟让偏亲爸五狗子知道了。五狗子是村里有名的二杆子，他拉着偏亲的腿，一拖好远，喊叫着要往河里扔。众人见了，好说歹说才拦挡住。

第二天前晌，下地的人在南滩里发现了偏亲泡涨的尸体。一早上，偏亲娘满村子前院后厦地找闺女，哪里知道，闺女早寻了短见。她疯疯癫癫地抱着偏亲哭得昏死过去。五狗子也来了，跪在偏亲身边，把自己的脸打得噼噼啪啪，众人怎么也拦不住……

偏亲死了，我总梦见她还在。我喊她"娃女子"，她不溜了，捏着拳，瞪着眼，朝我扑来。我一惊，醒了，心口扑扑地跳，看着黑黑的屋子，好半天睡不着觉。

过了些日子，偏亲的事儿淡了。我们照常在河里耍水。龙河照常是我们男娃的自由世界，可是，我再没记得第二个女娃下河了。

赏 析

本文围绕龙河，写出了龙河边的一系列故事。写河是副，记事为主，褒贬结合，伏线深沉，龙河的纪事暗含了作者的人生感悟。

文章先描绘了汾河边的美丽景色，又引出家门口的小河。奶奶口中的神话故事更是给龙河增添了神秘的情趣。孩子们戏水，大人们"喜欢看娃娃们耍水"，好一副惬意的生活景象。叙写到偏亲的故事时，文章的情感氛围开始转变，似乎流水不再那么欢畅，生活蒙上一丝灰暗。结尾一句"我们照常在河里耍水",与偏亲的死照应,写出了生活的落差,写出了世事的混沌。作者没有呐喊,却提醒读者生活不是一帆风顺,有风,有浪,有想不到的波折。

还需要提醒的是,作者很善于抓特点。比如河边乘凉时,男人们那个烟包油黑的旱烟袋、毛仔叔头上已经变成灰色的白毛巾、黄牛过桥时不偏不倚的样子、孩子们在水中嬉水的情形、偏亲"风一样"的走路姿势、五狗子噼噼啪啪打脸的样子等,有物品的,有肖像的,有动作的,都准确抓住了特征。这才使一个个场面如在眼前,一个个人物栩栩如生。

(沈秀娥)

重叠记忆里的璀璨星光
——读乔忠延的散文集《短笛无腔信口吹》

/ 高 璟

南宋诗人雷震在《村晚》一诗中有云："草满池塘水满陂，山衔落日浸寒漪。牧童归去横牛背，短笛无腔信口吹。"乔忠延先生新结集的这本散文作品正是巧妙地借用了此诗的压题之句来概括全书的内容与题旨。此处的巧妙，当有三重含义：一是巧借了诗意，本书中多有作者对童年旧事的点滴回忆，这些对旧日情景的描述正合了这牧童晚归之恬淡诗意；二是巧借了诗情，牧童辛劳了一天，且将所知所感化作婉转清亮的音符泼洒在晚风中，而作者本人也是辛苦劳碌了大半生，将人生的感悟化作清新典雅的文字，渗透在了字里行间；第三是一个"短"字，牧童的信口短调，恰似作家下笔之信手拈来，二者同为兴之所至的即兴抒怀，收放自如间，更显余韵悠长。本书所收录的文章虽短小但精悍，常有新颖的观点和独到的感悟，且包罗万象，纵横捭阖，令人常有目不暇接之感，以上种种，皆与《村晚》一诗有异曲同工之妙。

由此看来，这本书仅品读一下书名便已觉大有名堂。再逐篇赏读一番，果然文如书名，虽只是信手拈来的一个小小话题，但却能在短短数百言之内藏进这大千世界的诸多玄机与妙理，不得不让人佩服作者的文笔之老练、思想之通透。书里所讲的，都是作者阅尽世事后得来的第一手智慧，这比起那些靠空谈议论、道听途说、寻章摘句支撑起来的文章，更见真性情、真功夫。

而这样一本有益的书，读来却不累，近来出版界的人们都在追求一种"轻阅读、易传播"的境界，而乔先生的文章正好就具有这种特质，无论翻开哪一篇，随意地读，去品，皆能有所得。心情好或不好，都可以读个三五篇，或许，那文字即刻便能改善人的心境，洗去人的烦忧。于灯下品读乔先生的这本新作，还未觉察到一丝劳累，已然读至过半，以致剩余的一半，不得不刻意放慢了速度来细品，就像是面对一壶好茶，怎可作牛饮状？

紧读慢品中，做了一点简单的勾画与点评。回头看时，乔氏散文的特质已深深地留在了这短暂而难忘的阅读记忆中。下面，笔者就从以下几个角度，来分享一下对乔忠延先生这部散文作品的印象与体会。

一、文约质美，惜字如金，方寸文章蕴别样情趣

乔先生的散文篇幅大多短小精悍，他崇尚一事一文，不枝不蔓，且文辞凝练，言简意深，这种不以繁缛为巧的文学观念颇得中国传统散文之精髓，也正因为精短，更见作者的炼字功夫。本书六个小辑六十余篇文字，或含蓄，或精微，或高昂，或低回，或急或缓，或张或弛，皆富有文采，意味隽永，哲思连连，耐人回味。

例如《鼓人》一文，为我们呈现了一幅鲜活生动的农村图景，苍凉雄浑的黄土地上，热气蒸腾的鼓人，淋漓尽致地演绎出了一个民族的精气神，这篇小小的作品，以昂扬的气势尽情地书写出了尧乡威风锣鼓的历史与今天，这完全是一篇宏大作品的好素材，然而，作者却将全部情感浓缩在这篇激荡人心的千字文中；再如《怀云小记》，既写了自己身在南国高楼，凭窗凌云的独特体验，又穿插了东坡先生"箱中蓄云"的文人趣事，虽只有短短七百言，却通篇云蒸霞蔚，意趣横生，

令读者眼前似有云雾缭绕，思绪便也随文章一道翻涌起来，怎一个妙字了得；再如《夜来香》一篇，同样七百余字，却将自己夜夜的勤奋笔耕与静夜里悄然绽放的花朵作比，借物喻理，触景生情，草木与人生的真谛互文见义，给人以深深的启迪。文末，作者这样写道：

　　光阴荏苒，不觉然窗外的夜来香已有四五尺高了。她的周身籽实累累，而梢头依然孕着苞，绽着花，在秋色里繁衍着盎然生机。这时光，我的案头也不尽是退稿信了，平添了几张用稿通知单。但我的果实比夜来香相差极远，又怎敢释卷辍笔呢！

　　夜阑人静，我依旧伴着夜来香，伏案孜孜奋求。夜来香也依旧伴着我，送我缕缕芳香。

　　情与气偕，辞共体并，这样优雅工整的文字，这样真情流露的抒发，让我们在阅读中既获得了愉悦，更获得了教益。书中，像这样精短隽永、风清骨峻的文章还有许多，留待各位读者自己去发现和品悟。

二、体物缘情，有感而发，字里行间藏生命真谛

　　乔忠延先生的散文题材多样，不拘一格，往往借由四时变化、日常见闻、心底旧事引发文思，并继而开掘出一片思想的园地。写景、写人、写事均有感而发，选取的笔法也随表现对象的不同而有殊异，笔下情绪的起伏变化常常能带动读者的情思，令人感同身受，心生共鸣。

　　生长在大河之畔的尧天舜土之间，被古老的黄河文化所滋养，作家笔下的文字也充满了黄土地的厚重博大，春种秋收，四季更迭，迎神赛会，生养死葬，在这些亘古不变的平常岁月里，处处回荡着中华农耕文明的不绝回响。植根于血脉深处的对于高天厚土的尊崇，让作

家的许多篇目都散发着古老黄河文化的韵味。那些在日常的起居作息和一啄一饮中闪现的生存智慧、那些节庆日子里的习俗礼仪、那些被老人们反复述说的上古传说，为作品增添了许多的阅读趣味，这在《谢土》《旺火》《台子》《大年是朵中国花》等篇目中，均有充分展现。与此同时，这些文章也牵引着我们不断思索中华文明的根与魂，当然，作者也对此进行了深入的思考与认真的回答。例如在《变身树》一文中，作者说道，"适应时局，生命才会游刃有余，成为绝壁上永不枯竭的风景。"在《可爱的汉字》一文中，作者这样写道："一个软绵绵的笔头，要写出刚劲，要写出健筋，要写出风骨，要写得力透纸背，还要入木三分。这哪里还是简单的写字？分明是活画一个人的精神气质。"这些无不体现了中华文化所蕴含的生存哲学与处事之道。

此外，在对故乡山水、风物的描写中，作者并不走单纯的抒情路线，而是将一幅幅鲜活的农村生活画卷展现在我们眼前。一枝一叶总关情，加入了人的活动，平常的山川草木也有了生动情致，这一点在《青青河边柳》《朝拜一座山》《龙河纪事》《那座荒寺》中，都有生动的表现，因为生动，因而让人过目难忘，因而也就具备了成为经典的潜质。

三、收放裕如，言外有情，浅吟高歌抒至真襟怀

南朝刘勰在《文心雕龙》中曾说，谈欢则字与笑并，论戚则声共泣偕。清代袁枚也曾说，一切诗文，总须字立纸上。如何立？当情气相偕，文质相符。乔忠延的散文便有这样的魅力，他善于将感情凝于笔端，对欢乐或悲伤的情态进行绘声绘色的刻画，以激起读者的共鸣，使作品产生了强大的艺术感染力，读者的情绪被牵引着，忽而悲，忽而喜，忽而叹息，忽而沉思。这种种情感体验，引领着我们的阅读活动上升到了一个新的层次。例如在《春风这一吻》一文中，通篇洋溢着作者对春的赞美，许多美文佳句如诗如画，可与朱自清名作《春》

相媲美。又例如，在《春潮》一文的书写，作者以繁弦急管般的语句，为我们铺陈出了壶口瀑布解冻开封时的壮观场面——

仿佛就在瞬间，一河冰川炸裂开来，碎为一块块冰石，一个个冰丘，一座座冰峰，接二连三跌进激流。顿时，冰石撞击着冰丘，冰丘倾轧着冰石，冰石的响声刚起，冰峰垮塌下去，砸碎冰丘。那一刻，碰撞接着碰撞，碎裂跟着碎裂，垮塌连着垮塌，轰鸣催着轰鸣。此刻，站在黄河岸边，看到的不再是瀑布，不再是冰川，而是一连串惊天动地的词语：天崩地裂、雷霆万钧、排山倒海、惊涛拍岸……这些词语没有一个安分守己地紧贴在书页里，一个个都变成花果山砰然出世的石猴，腾跃而起，厮杀搏击，演出着一场震惊肝胆的活剧！

这活剧的结尾，是冬天的彻底崩溃，是春天的浩荡光临！

这就是春潮，这就是春潮写照出的春天精神。

这样一泻千里的文字，读来真是畅快淋漓！

当然，除了豪放，亦可婉约。同样写春，在《采春》一文中，作者的文字却优雅到了骨子里——

梦醒了，人未醒，反而醉得迷迷离离，痴痴幻幻。迷离中展开纸，痴幻中拿起笔，于是，世人看见："绿柳才黄半未匀"，那是杨巨源采回来的春天；"二月初惊见草芽"，那是韩愈采回来的春天；"昨日春如十三女儿学绣，一枝枝不教花瘦"，那是辛弃疾采回来的春天；"离离原上草，一岁一枯荣。野火烧不尽，春风吹又生"，那是白居易采回来的春天。

凡人采回的青枝绿叶，香着香着淡了，散了；凡人采回的蓓蕾花朵，开着开着败了，枯了。而诗人采回的春天，却永恒地绿着，香着。

白居易的春草，从唐朝绿满书卷，绿到了今天；辛弃疾的春花，从宋代香满庭堂，香到了今天。

　　胸中有丘壑，笔底有文章，加之以恰到好处的古诗名句做点缀，让这篇散文生发出了中国古典文学美的无穷魅力。

　　在作家的笔下，既有四季节气，也有山水草木，既有柳笛声声，也有蛙鸣阵阵，既有春花秋月，更有人情事理。他忆念旧事，常带深情缱绻，含蓄而体贴。近邻故戚，旧交老友，或忠或奸，或巧或愚，皆历历在目；家族遭际，人世离合，或得或失，或喜或悲，皆娓娓道来。虽胸藏波澜千丈，笔下仍留有余地，但凭读者各自揣摩体味。这样含蓄包容的写法，构成了乔忠延散文在写人纪事方面的另一大特色。例如《一把镰刀》《我家的老瓮》《一条井绳》这三篇，着重写乡村往事，故事一波三折，令人喟叹；在《心爱的皮球》《羞耻的米尺》《伤感的柿子》等篇中，那些被反复忆及的童年往事，通过事隔多年之后的书写，忠实地记录下了一个孩子成长之路上的刻骨印迹；而在家族记忆里，作者则通过《乡情最纯净》等篇目，写出了浓浓的人间真情。

　　四、意随心动，寓理于文，语重心长显大家智慧

　　在这本书的篇目当中，有追远之思，有怀乡之作，文由心生，情动意发，无不源自难忘的记忆，当然，也少不了对人生真谛的体悟，这类充满了哲思的文章，也是乔忠延散文的重要组成部分。例如《竹竿秤》《皂荚树》两篇，以欲扬先抑的手法，记录了年少成长中的一次次顿悟；《麻雀》《用好你的同情心》《灰筛》等篇，书写了寓言般的现实感悟；而《笛声化作民族魂》《只取千灯一盏灯》《一面做人的明镜》三篇，则用游记的外表包裹着作者对先贤名家的颂扬，更抒发了他对高远人生的执着追求，因而，这样的文章更像是一盏盏明灯，

为我们照亮了脚下的道路。

在《花儿这样开》一文中,作者回忆起人民公社时期,自己在冬日的案头蓄水养活的一株白菜根,待小米粒般大小的黄花绽放时,作者仔细观察一番,竟从这个小事物身上悟出了生死的大道理,他在文中这样写道——

匆匆开放,匆匆缩合,匆匆结束了自己的生命,这就是每一朵小花的生命过程。没有她们的匆匆死去,有限的养分就无法输送到还在孕育的花苞,花儿就不会再一朵一朵接着开放。开放的竞相开放,死去的竞相死去,竞相死去的保证了竞相开放的活力。这就是活画在白菜花上的规律,她们没有结出籽实的能力,却结出了对人世不无启迪的道理。

能以这样独特的角度,有理有据地讴歌一株朴实得不能再朴实的白菜根,而且还呼应了当时作家温饱不足的现实际遇,充分体现了作家的高超笔法与独到见解。

无独有偶,云丘山顶一朵凌寒绽放的小黄花也引起了作者的注意,面对这个自然的奇迹,他不吝笔墨,进行了细致入微的描写——

我简直看呆了,这渺小的冬花到底为谁而开?为人吗?她那么不起眼,行走的人稍不留神就会一闪而过,把无尽的寂寞甩给她;为山吗?山太大了,即使有一万朵这样的小花也填不满无边的空旷。况且,为啥选这么个时候,稍有一朵云,稍下一场雪,她那娇嫩的颜容就会有灭顶之灾。偏偏,她竟不识时务地开放着。这么说当然是我的猜度,她是花,不是人,不会像人那样费心掂量,瞻前顾后。多亏这样,若是真要有了我这样的想法,怕风,怕冷,怕雪,怕得瞻前顾后,萎靡不振，等到春暖时再开花，那样绝对安全，但是她那拥挤在百花当中的生命绝不会像现在这样抢眼，这样令我敬慕。

松竹梅之外，一朵卑微的黄花同样被作家赋予如此高洁的品性，这样的山中偶遇，加上这样的神来之笔，为我们提供了足够新鲜的阅读体验。

当我们阅"文"无数之后，一个作家是聪慧还是愚钝便能高下立判，而乔忠延先生无疑属于前者，他善于在无声处听取惊雷，并以自己的独特才情将这种平常人忽略的希声之大音娓娓道来，令人陡生醍醐灌顶之感。

缀文者情动而辞发，观文者披文以入情。乔忠延先生以随风入夜，润物无声的笔法，感悟四时，品味人生，回忆童年往事，采撷生活片段，他既是一位长者，又是一位智者，他调动丰厚的人生阅历，回望故乡的烟火，用充满生命力的语言，真诚地书写出了自己宽广无垠的心底天地，也带领我们走进了一个美好的散文世界。相信每一位沉潜其中的读者，一定会有所收获，有所感悟。

> 高璟，女，1978年生，《都市》副主编，太原市作家协会副主席。